個人と社会の相克

ジェイン・オースティンの小説

川口能久

南雲堂

まえがき

ジェイン・オースティンの偉大さを説明することは難しい。ヴァージニア・ウルフによれば、無謀にもオースティンについて何か書こうとするものは、すべての偉大な作家のなかで、彼女がその偉大さをもっとも捉えにくいという事実を知ることになる。[1] 確かに作品の世界は狭く、おもにえがかれているのは若い女性が結婚するまでの話である。そのような作品やその作者の偉大さを説明するのは容易なことではない。シャーロット・ブロンテのように激しく反発するものも少なくない。[2]

しかしその一方で、多くの、熱烈なオースティン・ファン（Janeite, Austenite）がいることも事実である。[3] 実際、現在においても多くの作品が映像化され、さまざまな続編が書かれつづけている。[4] 卒業論文や修士・博士論文などでも扱われることが多い。オースティンは、ブームといっていいほどの、根強い人気を保ちつづけているのである。

オースティンの偉大さを説明するためか、ブームに乗じてか、あるいは、何か書かずにはいられない衝動にかられてか、オースティンにかんする研究書や論文もおびただしい。とくにさまざまな批評理論にもとづく最近の研究には教えられることが少なくない。そのような研究の意義を否定するつもりはまったくないが、ある種の違和感を覚えていることも事実である。その違和感を強いて単純化して言えば、作品全体を見ていないのではないか、オースティンが重視していないとわたしには思われることを重視しすぎているのではないか、という点である。オースティンは小説とはどうあるべきか、[5] 自分の小説はどうあるべきかを強く意識していたのではなかったのか。[6] 彼女は作品の世界を意識的に限定し、自分が確実に知っていることしか書かなかったのではないか。こういったことがわたしの素朴な疑問である。

論文を書くためにはテーマを限定しなければならない。もちろんあまり論じられていないテーマが望ましい。作品の内から外へ、作品自体の研究から作品の社会的、歴史的、文化的研究へ、これが批評の大きな流れであり、その流れに逆らうことはおそらく不可能であろう。繰り返しになるが、そのような、批評の流れに沿う研究の意義を否定するつもりはまったくない。しかし、先祖返りのようなことが少しくらいあってもいいのではないか。実現できているかどうかは別にして、作品全体の意味を、多少の主観を交えて、ときには感情を移入して論じることがあってもいいのではないか。そのような思いからこの本を著すことにした。

オースティンの小説はすべて結婚をテーマとしている。一つには当時の女性にとって、結婚はきわめて切実な問題だったからである。言うまでもなく、就活や婚活が自由にできる時代ではなかった。結婚できない場合、ガヴァネスになるか、親戚の世話になることぐらいしか選択肢はなかったのである。[7] 結婚は個人と社会の接点でもある。具体的に言えば、個人とは、個人的な感情、願望、価値観、倫理観などのことであり、社会とはそれらに対立する因習、規範、階級制度などの社会的な制約のことである。したがって、オースティンの小説を包括するもっとも基本的なテーマを簡潔に表現するとすれば、個人と社会の相克ということになろう。これは現代にも通じるテーマである。オースティンはこのテーマを六編の小説においてさまざまな変奏を加えつつ追究したのである。

第一章から第六章では、制作された順序にしたがってオースティンの完成された六編の小説を論じた。それぞれの小説の論点は、それぞれの章のタイトルによってあらわされているが、各章の簡単な概略をしめしておきたい。

第一章ではヒロインの成長と作者の小説観という観点から『ノーサンガー・アビー』を論じた。この小説では、ヒロインの結婚というよりも自らの小説観を表明することに重点がおかれている。そのためこの章は、ほかの章とくらべて、作家論としての色彩が濃くなっている。

『分別と多感』を扱った第二章では、おもにエリナーとマリアンの対照的な恋愛と結婚を検討し、分別が多感に勝利するというこの小説のプロット（筋）には、分別の限界と多感への支持をしめそうとするオースティンのプロット（策略）が潜んでいることを論証した。

第三章では、『高慢と偏見』でえがかれている四組の結婚の意義を考察し、中心となるエリザベスとダーシーの結婚によって、オースティンが結婚や社会の新しい姿を提示したことを論じた。

『マンスフィールド・パーク』を考察した第四章では、マンスフィールド・パークの世界が不安定さを孕んだ安定した世界であることをしめした。オースティンはマンスフィールド・パークやファニーが象徴する伝統的価値観やモラルの正当性を主張したが、彼女はそれらがいかに危ういかをも認識していたのである。

第五章は『エマ』にかんする章である。エマは現実認識においてさまざまな間違いを犯し、共同体に混乱をもたらすが、最終的に共同体の秩序はこれまで以上に強固な形で再構築されることになる。

第六章ではオースティンの最後の完成された小説である『説得』を論じた。オースティンは分別を全面的に否定しているわけではない。分別は依然として彼女の基本的な立場である。しかし彼女はロマンスとでも呼ぶべき、分別では抑えきれない感情の存在を認めている。『説得』の新しさとは、ロマンスへの傾斜ということにほかならない。

第七章では、おもに『マンスフィールド・パーク』とフォースターの『ハワーズ・エンド』を比較することによって二人の作家、とくにオースティンの特徴を明らかにしようとした。オースティンの小説は安定感をそなえているが、フォースターの小説は不安定な、中途半端な印象をあたえる。それはオースティンが異質なものを排除し、同質なものを結びつけようとするのに対して、フォースターが異質なものを結びつけようとするからである。

以上の概略からも明らかなように、本書は、オースティンがそれぞれの作品において、ごく具体的に言えば結婚、包括的に言えば個人と社会の相克というテーマをどのように展開したかを具体的に解明しようする試みである。目障りかもしれないが、作品からの引用を多くし、頁数を記した。作品がもっとも重要だと考えているからである。また、オースティンを研究しようとする人の参考になるように、注をやや多くつけた。ご了解いただければ幸いである。

個人と社会の相克

ジェイン・オースティンの小説

目次

凡例

ジェイン・オースティンの小説および書簡からの引用は、それぞれ以下の版による。

R. W. Chapman, ed., *The Novels of Jane Austen*, 6 vols, 3rd ed. London: Oxford University Press, 1932–4.

Deirdre Le Faye, ed., *Jane Austen's Letters*, 3rd ed. London: Oxford University Press, 1995.

引用のあとに、ページ数と必要に応じて以下の省略名をしめした。

NA *Northanger Abbey*
SS *Sense and Sensibility*
PP *Pride and Prejudice*
MP *Mansfield Park*
E *Emma*
P *Persuasion*
L *Jane Austen's Letters*

個人と社会の相克
ジェイン・オースティンの小説

第一章
ヒロインの成長と作者の小説観
――『ノーサンガー・アビー』

1

ジェイン・オースティンの作品の制作時期を正確に特定することは容易なことではない。出版されるまでにかなりの時間がかかり、しばしば書き直されているからである。とりわけ『ノーサンガー・アビー』が出版されるまでの経緯は複雑である。この小説は一七九八年から一七九九年にかけて『スーザン』というタイトルで制作された。「著者からのお知らせ」によれば、「この小さな作品は一八〇三年に完成し、すぐに出版するつもりであった」。（一一）この作品はある書店に委ねられ広告まで出されたが、出版されることはなかった。オースティン自身、その原因が分からないと言っているが、当時流行していたゴシック・ロマンスを批判していることが原因であったのかも知れない。[1] オースティンは一八〇九年には出版社（クロスビー社）に出版を促し、一八一六年には原稿を買い戻し、作品名を『キャサリン』に変更している。それでも出版されることはなく、彼女の死後の一八一七年になってようやく『説得』とともに出版された。[2]

『分別と多感』の原型である「エリナーとマリアン」は一七九五年に書き始められ、『高慢と偏見』の原型である『第一印象』は一七九六年から一七九七年にかけて制作されている。したがって、『ノーサンガー・アビー』は三番目に制作され、最後に出版された作品ということになる。しかし、『分別と多感』と『高慢と偏見』が出版されるまでに大幅に書き直されているのに対して、『ノーサンガー・アビー』は少なくとも一八〇三年以降はほとんど書き直されていない。[3] したがって『ノーサンガー・アビー』は、オースティンの完成された小説のなかで、実質的にはもっとも初期の作品なのである。[4] このことは、「スタイルや語りの方法」[5]、『ノーサンガー・アビー』がバーレスクという少女期の作品の特徴を明確にとどめていること[6]、あるいはこの作品が「美しいカサンドラ」や「キャサリン」といった少女期の作品と主題、登場人物、エピソード、結末などにおいて類似していることからも支持されよう。[7]

『ノーサンガー・アビー』はオースティンのもっとも初期の作品であり、彼女のほかの作品と比較して未熟で、欠点の多いことは否めない。たとえば、登場人物の多く——モーランド夫妻、アレン夫妻、ジェイムズ・モーランド、エリナー・ティルニー、フレデリック・ティルニーなど

――はあたえられた役割しか果たしておらず、平板で存在感を欠いている。[8] また、つぎに見るように、この小説を構成する三つの要素は、それぞれが独立したままで充分に融合していない。さらに写実的な第一巻とゴシック・ロマンスのバーレスクが前面に押し出された第二巻が調和していないことも否定できない。第一巻と第二巻が別の時期に書かれたという説もあるほどである。[9] これらの欠点は、しかしながら、『ノーサンガー・アビー』がオースティンの小説の原型とも言える作品であり、彼女の小説の特徴を文学的な加工を加えずにしめしていることを意味しているのである。

『ノーサンガー・アビー』は大きく分けて三つの要素から構成されている。その一つは、十八世紀末から十九世紀初頭にかけて大流行していた感傷小説や『ユードルフォの謎』をはじめとするゴシック・ロマンスのバーレスクである。[10]『ノーサンガー・アビー』はしばしばそのような作品との比較という観点から論じられてきた。しかし、このことにこだわりすぎることは、この作品の一つの要素のみを強調することにつながりかねない。この小説の意義がバーレスクにのみあるのだとすれば、オースティン自身が「著者からのお知らせ」で心配しているように、[11] その対象である感傷小説やゴシック・ロマンスが流行遅れになったとき、この作品もその意義を失うことになる。バーレスクは大きなウエイトを占めてはいるが、一つの要素にすぎないことを忘れてはならない。

二つ目の要素は、作者の小説観である。『ノーサンガー・アビー』は「小説とはいかなるものか」「小説とはどうあるべきか」を強く意識して書かれた小説であり、これこそがこの小説のもっとも顕著な、オースティンのほかの小説には見られない特徴なのである。語り手（作者）は頻繁に介入し、読者に直接語りかけ、小説のあるべき姿を意識させる。ほかの作家、作品へも繰り返し言及し[12]、第一巻第五章では自らの小説擁護論を展開する。オースティンは文学作品として完成された小説を書くことよりもむしろ自らの小説観や思想を表明することに重点をおいているようだ。実際彼女は女性の服装（第一巻第十章）や女性の無知（第一巻第十四章）について持論を展開している。さきに触れたこの小説の欠点は、もっとも初期の作品であるということ以上に、このような作者の創作姿勢に起因しているのである。

三つ目の要素は、十八世紀以来のテーマであるヒロインの精神的成長である。キャサリン・モーランドの成長は二つの部分からなる。一つは第一巻でえがかれるソープ兄妹との交渉であり、他の一つは第二巻でえがかれるゴシック・ロマンス的妄想からの覚醒である。『ノーサンガー・アビー』では、若いヒロインが社会に出て精神的成長を遂げ、ヒーローと結婚するまでの過程がえがかれているのである。

これらの三つの要素はまったく無関係とは言えないが、混在していて、必ずしも統一された作品を形成しているとは言えない。しかしもっとも基本的な枠組みは、オースティンのほかの作品同様、ヒロインの精神的成長であり、この要素が『ノーサンガー・アビー』という作品を統一しているのである。

2

オースティンのバーレスク精神は、作品冒頭のキャサリン・モーランドの描写からも明らかである。語り手は「キャサリン・モーランドを子供時代に見たことのある人なら、誰も彼女がヒロインになるために生まれたなどとは思わなかったであろう」(一三)と言う。実際、十歳のキャサリンがあらゆる点でヒロインらしくないことが強調されているのである。容姿は特別不器量。心もヒロインには不向き。男の子の遊びが好きで、園芸の趣味など皆無。才能も並はずれていた。教えられるまでは何も理解できず、時には教えられても理解できなかった。音楽、絵画、書き方、計算、フランス語、どれをとってもすべて駄目。ただし、心根や気だてが悪いわけではない。拘束されることと清潔にすることが嫌いで、家の後ろの緑の斜面を転がり降りるのが何よりも好きだった。要するにキャサリンは「反ヒロイン」(anti-heroine)[13]であり「『標準的な』ヒロインの鏡像[14]」なのだが、そのようなごく普通の娘こそがこの小説のヒロインなのである。

ヒロインだけでなく両親も従来の小説の登場人物らしくない。父親は娘を幽閉するようなことはなく、母親もキャサリンを産むときに死ぬようなことはなく、十人の子供を産み、健康に恵まれていた。バースへの道中では何の事件も起こらず、ヒロインとヒーローは儀式長によって引き合わされる。およそ劇的とは言い難い出会いである。ヒーローに謎めいたところは何もなく、初対面の二人はごくありきたりの会話を交わす。言うまでもなく、ゴシック・ロマンスの批判であり、現実はこんなものだというオースティンのメッセージである。感傷小説やゴシック・ロマンスを解体しようとする作者の意図は明らかであろう。

キャサリンはオースティンのヒロインのなかで、もっともうぶで、無知で、世間知らずのヒロインである。彼女はバースで社会に門出するのだが、[15]彼女には頼れる人物がいない。バースへの出発に際して、ミセス・モーランドは社交場から帰るときには首の回りをあたたかくしておくことと使った金額を記録しておくよう忠告するだけである。彼女には貴族や准男爵に注意することなど思いも寄らないことである。ミスター・モーランドは娘に十ギニー渡すだけである。「普通の生活の普通の感覚」（一九）とはそういうものなのである。

シャペロン役であるはずのミセス・アレンは、およそその役割を果たしていない。もちろん、これも伝統的なシャペロンの裏返しである。「衣裳が彼女の情熱だった」（二〇）という短い文が彼女のすべてを物語っている。混みあったアッパー・ルーム（舞踏会会場）で、彼女が気にするのはキャサリンではなく「自分の新しいガウン」（二一）である。キャサリンがジョンとドライヴに出かけることについて目配せで意見を求めても無視し、キャサリンが声に出して尋ねると、「好きなようにしなさいな」（六一）と言うだけである。そのような女性と結婚した驚くべき男性であるミスター・アレンは、キャサリンから意見を求められるまでジョンと馬車に乗ることについて何も言わないのである。

第一巻でキャサリンがもっともかかわるのは、ソープ兄妹とティルニー兄妹という対照的な兄妹である。彼女は信頼できる相談者がいないなかで、どちらの兄妹を重視するかという判断を強いられる。彼女は自分で考え、行動しなければならないのである。

エリナー・ティルニーはそれほど存在感のある人物ではない。ウォーナーが指摘しているように、彼女の白い服は彼女の裕福さと「生まれつきの精神の優雅さ」[16]をあらわしている。彼女が頭に「白いビーズ」（五六）をつけているのは偶然ではない。

ヘンリー・ティルニーのおもな役割は、キャサリンの恋人であり、作者の意見を代弁するとともにキャサリンを教育することである。彼はキャサリンとの対話において、さまざまなことについて意見を述べる。たとえば彼は「感じのいい手紙を書く才能が特に女性のものであることは、誰もが認めています」と言ったすぐそのあとで、女性の手紙の欠点として「一般に話題が乏しいこと、句読点にまったく注意を払わないこと、そして非常にしばしば文法を無視すること」

（二七）を指摘する。第一巻第十章で、彼は結婚とカントリー・ダンスの共通点と相違点を披露し、バースは六週間までは楽しいが、それを超えると退屈きわまりないところだと言う。これらはすべて作者の意見を代弁したものであろう。

ヘンリーはキャサリンにいろいろなことを教育する。たとえば、“amazingly”（一〇七）“nice”（一〇八）“a faithful promise”（一九六）といった言葉についてもっと厳格に使用するよう求めるが、これも作者の意見を反映したものであろう。[17] 言葉の正確さは認識の正確さにも通じるのである。彼はまた、“history”（一〇八）や“picturesque”（一一一）についても教育する。[18] そして、あとで触れるように、小説についてもキャサリンに教育し、最終的に彼女をゴシック・ロマンスの妄想から目覚めさせるのである。

ヘンリーは、しかし、生真面目な、堅苦しいだけの教育者ではない。キャサリンの場合同様、彼の場合にもオースティンのバーレスク精神は健在である。彼は「オースティンのもっともウイットに富んだ主人公[19]」であり「ジェイン・オースティンの穏健な主人公のなかで唯一のアイロニストにしてヒューモリスト[20]」でもあるのだ。彼は初対面のキャサリンと日記を書くことについてアイロニーとヒューモアを交えて話をし、ミセス・アレンとはモスリンについて互角に渡り合うこともできるのである。

ヘンリーは決して完璧な教育者ではない。さきに触れたキャサリンが直面する問題、すなわちソープ兄妹をどう判断し、どう対応すべきかについて、彼が少なくとも直接アドヴァイスすることはない。イザベラ・ソープとフレデリック・ティルニー大尉の関係が深くなるのを避けるために、キャサリンはティルニー大尉がバースを去るよう説得することをヘンリーに求める。さらにキャサリンはイザベラとティルニー大尉のことを将軍にありのまま話すことをヘンリーに提案する。いずれの場合も、ヘンリーははぐらかすだけで、積極的には何もしないのである。しかし、少なくともジェイムズは被害を受けたのであり、二人の戯れの恋がイザベラとジェイムズの婚約解消の原因になったことは否定できない。

確かにヘンリーは最終的にキャサリンをゴシック・ロマンスにもとづく妄想から目覚めさせる。しかし、彼女にゴシック・ロマンスを吹き込んだのも彼であることを忘れてはならない。この意味で彼はイザベラと共犯なのである。ノーサンガー・アビーに向かう途中、ヘンリーは半ばふざけてキャサリンに「『本で読むような』家につきものの恐怖」（一五七）を吹き込む。ゴシック・ロマンスを読み耽っていたキャサリンは思わず「まあ！ ティルニーさん、なんて恐ろしいのでしょう！——まるで本の通りだわ！——でもそんなことがわたしに起こるはずがないわ」（一五九）と叫んでしまうのである。彼の話は『ユードルフォの謎』や『森のロマンス』などのゴシック・ロマンスにもとづいているのだが、「どうやっても開かないどっしりした箱」（一五八）、「黒檀と金でできた、大きくて、旧式な飾り棚」「紙の巻物」（一六〇）などは、明らかにキャサリンがアビーで遭遇するであろうことを想定して語っているのである。

イザベラはキャサリンの親友（confidante）を装うが、金持ちの男と結婚することしか頭にない、軽薄で、自己中心的で、不誠実な女である。「本当の友達のためだったら、どんなことでもするわ。中途半端に人を愛することができないの。わたしの性格じゃないの。わたしの愛情はいつだって並外れて強いのよ」。（四〇）イザベラはこのように女同志の友情を強調するが、そもそも彼女がキャサリンと友情を結ぼうとしたのはジェイムズと結婚するためなのだ。彼女は大げさな表現を連発し、平気で嘘をつく。パンプ・ルームでは、キャサリンに五分しか待っていないのに、三十分待ったと言い、キャサリンがドライヴの準備に数分しかかかっていないのに、少なくとも三時間かかった、病気ではないかと思った、とおおげさなことを言う。彼女の自己中心性は、キャサリンがエリナーとの先約を理由に断っているにもかかわらず、ジョンとともにクリフトン行きを強要することからも明らかであろう。

言行不一致もイザベラの特徴の一つだ。「二人の不快な若い男」（四三）を避けると言いながら、彼女は彼らの後を追いかける。アッパー・ルームの舞踏会では、キャサリンが踊らない限り、自分も踊らないと言っておきながら、その三分後にはジェイムズと踊り、劇場ではジェイムズに話しかけないと言っておきながら、すぐ後で彼に話しかけるのである。会館では、ダンスはしないと言っておきながら、ティルニー大尉とダンスをする。キャサリンにはこのようなイザベラの行動が不可解なのだが、それはキャサリンにはイザベラの本当の姿が見えていないからである。

イザベラの本質は彼女のジェイムズに対する態度に端的にあらわれている。第一巻第十五章で、イザベラはキャサリンにいかに激しくジェイムズを愛しているかを熱をこめて語る。「彼を見た最初の瞬間に――どうしようもないくらい心を奪われてしまったの」（一一八）と彼女は言う。「世の中のすべてのもののなかで、移り気こそわたしの大嫌いなものなの」（一三〇）とさえ彼女は言うが、彼女こそ「移り気」そのものなのである。彼女はヘンリーにも興味をしめし、ジェイムズの収入が充分でないことが分かると、ティルニー大尉に乗り換えようとする。彼女はフレデリック・ティルニーのことを「ティルニー」（一四四、一四七）と呼ぶが、これは二人の関係が親密であることを意味している。「わたしたちが姉妹になる方法は、一つとは限らないわ」。（一四五）「ちょっとした、害のない戯れの恋とかそういうことは起こるものだわ」。「状況は変わるものだし、考えだって変わるわ」。（一四六）イザベラはキャサリンにこのように語るが、要するにティルニー大尉との結婚をほのめかしているのである。ただし、ここでもキャサリンはイザベラの意味していることが理解できないでいるのである。

「何百万ものお金を自由にできても、全世界を支配できても、あなたのお兄さんただ一人を選ぶわ」。「わたしの願いはとてもささやかなの。本当にわずかな収入で充分なの。本当に愛し合っているのであれば、貧乏自体が財産なのよ」。（一一九）イザベラは、愛情こそが重要であり、収入には無関心であることを強調するが、もちろんこれも嘘である。収入こそが彼女の最大の関心事なのだ。ジェイムズの収入が明らかになったとき、キャサリンとジェイムズ自身は一応満足するが、イザベラは満足できない。収入が少ないことではなく、結婚まで二年半待たなければならないことが問題なのだと彼女は説明するが、これも嘘である。「物語作家が何と言おうと、お金がなかったら何もできないのよ」。(一四六) これはジョンとキャサリンの結婚についてのイザベラの言葉だが、これこそが彼女の本音なのである。

キャサリンはイザベラとティルニー大尉の関係に心を痛めるが、それでもイザベラの本心を見抜くことはできない。ノーサンガー・アビーで彼女は二通の手紙を受け取る。一通はイザベラとの関係がすべて終わったことを告げるジェイムズからの手紙である。もう一通は、ジェイムズとの縒りを戻したいので手紙を書くなどして協力してほしいというイザベラからの手紙である。この手紙を読んだあと、キャサリンはティルニー兄妹にこう語る。

「イザベラとはこれまでだわ。あの人とのお付き合いはもうたくさん。(略) でも、多分、このお陰で、わたしの性格があの人に分かった以上に、あの人の性格がわたしに分かったのです。彼女が何を企んでいたのか分ります。彼女はうぬぼれ屋の浮気女なのよ。そして彼女の策略はうまくいかなかったのよ。彼女がジェイムズやわたしに好意をもっていたとは思えま

せん。彼女なんかと知り合わなければよかったわ」。（二一八）

ジェイムズとイザベラからの手紙によって、さすがのキャサリンもイザベラの不実を認め、彼女との関係を断つことを決心するのである。

ジョン・ソープはヒロインに付きまとう悪党である。しかしオースティンのほかの悪党とは異なり[22]、あまりにも軽薄で、強引で、自己中心的であるため、キャサリンが彼に悩まされることはあっても、惑わされることはない。彼女はかなり早い段階から彼に見切りをつけているのである。

ジョンも、イザベラ同様、誇張癖にとりつかれていて、平気で嘘をつく。ジェイムズが反駁しているにもかかわらず、テトベリーからバースまでの距離が二十五マイルだと言い張り、友人が馬車だけで六十ギニーの値をつけたと主張する。ジェイムズの馬車についてまったく矛盾したことを言うかと思えば、ブレイズ城が「王国最古の城」（八五）などと根も葉もないことを言い、妹をドライヴに連れていかないと言っておきながら、マライア・ソープをドライヴに連れていくのである。

ジョンは、キャサリンとのダンスの約束を反故にし、キャサリンに壁の花になるという屈辱を強いる。彼ははっきりした約束をしたわけではないのに、キャサリンをドライヴに連れ出す。

キャサリンがティルニー兄妹との約束を理由に断っているにもかかわらず、ヘンリーを見かけた、ぬかるみがひどくてとても歩けない、彼はウィック・ロックに行くと言っていた、という嘘をついてまで、ふたたびキャサリンをドライヴに連れ出す。そのうえ、ティルニー兄妹とすれちがったさい、キャサリンはジョンに馬車をとめるよう求めるが、ジョンはそれを無視する。挙句の果てに、キャサリンがエリナーとの先約を理由にクリフトンに行くことを拒否しているにもかかわらず、ジョンは勝手に月曜日にはクリフトンに行く先約があると嘘をついて、エリナーに散歩の計画を変えさせるのである。

ジョンの軽薄さは、"quiz" などという流行語を頻繁に使うことからも伺われよう。[23] キャサリンに対しては、相手などそっちのけで、馬車、馬、酒、狩猟など自分に関心のあることを一方的にしゃべりまくり、自慢するだけである。小説にかんする知識は出鱈目で、『ユードルフォの謎』の作者さえ知らない有様である。キャサリンに求婚しているつもりで、うまくいったと思っているのだが、当のキャサリンはそのことにまったく気づいていない。第二巻第三章でキャサリンがジョンの求婚を受け入れたというイザベラに対して、彼女はそのことを強く否定し、「でも、あなただってよく分っているでしょう、もしわたしが誰かを特別に思うとしたら――それはあの人ではないということを」(一四五) と言う。バースにおいて、キャサリンはソープ兄妹の実態を見抜き、関係を断つべきだと考えているのであり、自分がヘンリーに恋していることを意識しているのである。
キャサリンが四歳年上で、はるかに世間ずれしたイザベラやジェイムズの学友でもあるジョンに一目置くのは当然のことと言えよう。しかし、彼女は決して彼らの言いなりになっていたのではない。さきに触れたように、ジョンがキャサリンを騙してドライヴに連れ出したとき、彼女は彼を批難し、ことの次第を説明するためにエリナーに会いに行く。そして劇場でヘンリーに事情を説明する。ソープ兄妹とジェイムズにクリフトンへのドライヴを執拗に求められ、ジョンが嘘をついてエリナーに計画を変更させたときも、彼女は毅然として彼らの要求を拒否し、ティルニー兄妹に事情を説明する。彼女は「正しい」(right) のか「間違っている」(wrong) のかを判断し、「間違っている」と判断したことは行わないだけの強い意志をそなえているのである。キャサリンのこのような強い倫理観は、オースティンのほかのヒロインにも共通する特徴である。

ソープ兄妹はプロットのうえで重要な役割を果たしている。あとで見るように、ジョンはティルニー将軍にキャサリンにかんして間違った情報をあたえ、あとになってその情報を取り消すが、これこそがこの小説のプロットの源泉なのである。

一方、イザベラはキャサリンをゴシック・ロマンスの世界に導く。彼女は初めに『ユードルフォの謎』を、つぎに『イタリア人』を読むよう薦める。彼女はキャサリンのために「同じような本の十冊か十二冊のリスト」（四〇）を作り、七冊の書名をあげる。[24] キャサリンはゴシック・ロマンスの世界に没頭し、イザベラからヘンリーのことを言われても、「でも、『ユードルフォ』を読んでいる限りは、誰もわたしを惨めな気持ちにさせることなんかできないと思うの」（四一）とさえ言う。彼女はすべての俗事を忘れて、「『ユードルフォ』のページをめくりながら、わくわく、はらはら、恐怖にみちた想像をめぐらすという贅沢」（五一）に耽るのである。

第一巻第十一章で、ソープ兄妹とジェイムズからブリストルへのドライヴに誘われたとき、キャサリンはティルニー兄妹との先約を理由に断ろうとする。この時点でキャサリンはソープ兄妹がどのような人物かある程度分かっていたはずである。にもかかわらず、彼女がブレイズ城の魅力に負けてドライヴに行くことにしたことは否定できない。つまり彼女はすでにゴシック・ロマンスのために正しい判断ができなくなっているのである。ヘンリーがキャサリンにゴシック・ロマンス的恐怖を詰め込んだことはさきに指摘した。将軍からノーサンガー・アビーに招待されたとき、彼女はノーサンガー・アビーという言葉を聞いただけで舞い上がってしまう。

ノーサンガー・アビー！――これはぞくぞくさせる言葉であり、キャサリンの気持ちを歓喜の絶頂にまで高めるのだった。（一四〇）

キャサリンはゴシック・ロマンスで頭をいっぱいにしてノーサンガー・アビーに向かうのである。『ノーサンガー・アビー』の第一巻と第二巻が一貫性を欠き、調和していないことはさきに見た。確かに写実的、風俗小説的なバースを舞台とする第一巻とゴシック・ロマンスのバーレスクが前面に押し出された第二巻とではかなり雰囲気が異なる。しかし、プロットにかんして、両者は決して無関係ではない。第一巻において、キャサリンはソープ兄妹とティルニー兄妹のどちらを選択するかという問題にほぼ決着をつけた。ジョンは将軍にキャサリンに関する間違った情報をあたえ、将軍はキャサリンをノーサンガー・アビーに招待する。キャサリンはイザベラやヘンリーからゴシック・ロマンスを吹き込まれ、ノーサンガー・アビーに赴く。第一巻は、第二巻のための準備とも言えよう。事実キャサリンはノーサンガー・アビーでゴシック・ロマンスにもとづく妄想が何の根拠もないことを思い知らされることになる。現実はゴシック・ロマンスとは異なるのであり、これこそがオースティンがこの小説で主張しようとしたことの一つなのである。

3

第二巻第二章において、ティルニー将軍からノーサンガー・アビーに招待されたとき、キャサリン・モーランドは期待に胸をふくらませる。

彼女は彼らの選ばれた客となり、彼女がもっとも一緒にいたいと思っている人と同じ屋根の下で暮らすことになったのだ――しかもその屋根は修道院の屋根なのだ!――彼女の古い建物への情熱は、その程度においてヘンリー・ティルニーへの情熱につぐものだった――城と修道院の空想は、普通彼の姿でも満たすことのない魅力を生み出すのだった。どこかの城の城壁か天守閣、あるいは修道院の回廊を見学し探検することは、何週間ものあいだ切なる願いだった。一時間以上訪問することなど望んでもほぼ不可能と思われたというのに。それなのに、それが現実のものとなったのだ。屋敷、館、田舎屋敷、荘園、宮廷、そして田舎家など彼女の期待が裏切られる可能性があったというのに、ノーサンガーは修道院であり、しかも彼女はそこの住人になることになったのだ。長い、湿った廊下も、狭い独居房も、そして荒廃した礼拝堂も毎日訪れることができるのだ。彼女は傷ついた、不幸な尼僧の古い言い伝えや恐ろしい形見を期待する気持を完全に抑えることはできなかった。(一四一)

しかし、キャサリンのゴシック・ロマンスにもとづく期待はことごとく裏切られることになる。キャサリンの落胆はノーサンガー・アビーに到着したときから始まる。彼女は灰色の石でできたどっしりとした壁が古いオークの木立のなかにそびえ立ち、最後の陽光がゴシック式の窓に揺らめいている光景を期待していた。しかし建物は低い所にあり、古風な煙突を見ることもなく、現代風の外観をした家のあいだを通り、何の障害もなく修道院の敷地に入る。客間のなかには、彼女が期待していたような、修道院にいることを意識させるようなものは何も見当たらない。現代風の趣味を生かしたエレガントな家具、ラムフォード式暖炉、英国産の陶器、大きくて透明な窓。しかもここでは時間厳守が求められているのである。

キャサリンにあてがわれた部屋も、ヘンリーが彼女を怖がらせようとして話していた部屋とはまるで違っていた。しかし、ゴシック・ロマンスを読み耽り、ヘンリーの恐ろしい話に聞き入っていたキャサリンは、「大きな、背の高い箱」を発見すると、たちまち想像をたくましくする。

「まったく奇妙だわ！　こんなものを見ようとは思ってもいなかった！——ばかに大きくて、重い箱！——一体、何が入っているのだろう？——なぜここに置かれているのだろう？——しかも後ろに押し込まれている、まるで人目に触れないようにとでもいうように！——なかを見てやろう——どんな犠牲を払ってでもなかを見てやろう——しかも、いますぐに——昼間の光で。——夜まで待っていたら、蝋燭がなくなってしまうかもしれないから」。

（一六三）

キャサリンが意を決して蓋をあけると、なかに入っていたのは「きちんと畳まれた、白い木綿の掛け布団」(一六四)であり、箱は邪魔にならないように奥まった所に置かれていたのである。

同じ日の嵐の夜、キャサリンは「背の高い、旧式の、黒い飾り棚」(一六八)を発見する。彼女はやっとの思いで「紙の巻物」(一六九)を見つけ、すぐに読もうとするが蠟燭が消えてしまう。眠られぬ夜を過ごしたあと、翌朝調べると、「洗濯屋の請求書」「支出のメモ」「馬医者の請求書」(一七二)といった紙の寄せ集めにすぎないことが分かる。この洗濯屋の請求書は、エリナーの結婚相手である紳士の使用人が残していったものであることが小説の最後で明らかにされる。鍵が開きにくかったのも、最初から鍵はかかっておらず、キャサリンが鍵をかけていたらしいのだ。「だが、不思議なことというものは、その原因をはっきり探れば、たいていい説明がつくものである」。(一六)これは十七歳のキャサリンにしかるべき男性の交際相手がいないことにかんする文章だが、この小説全体のメッセージの一つでもある。オースティンのゴシック・ロマンス批判は明らかであろう。

キャサリンの肖像画に対する思い込みも裏切られる。彼女は故ミセス・ティルニーの肖像画がヘンリーではないにしても、エリナーにそっくりだと考えていた。しかし実際の肖像画はどちらとも似たところはまったくなかったのである。

キャサリンのもっとも重大な妄想は、将軍にかんしてである。彼女は将軍を『ユードルフォの謎』のモントーニのような悪漢と考え、彼が夫人を殺害したのではないか、あるいは夫人は今も生きていて、どこかに幽閉されているのではないか、と疑う。キャサリンから見れば、夜、将軍が黙って、物思いに耽りながら、視線を下に向け、眉をしかめて居間を歩き回るさまは、まさにモントーニそのものなのだ。

それこそモントーニの様子であり態度だった！——人間らしい気持に完全には無感覚になっていない心が過去の罪深い場面をこわごわ回想しているときの、その心の陰鬱な動きをこれほどはっきりとしめしているものがほかにあるだろうか？　不幸な人！（一八七）

あとで触れるように、このとき将軍はおそらくパンフレットや国家の問題などを考えているのだが、キャサリンには殺害した妻を思い返す悪漢にしか見えないのである。

キャサリンの疑念に根拠がないわけではない。バースにいるときから将軍には威圧的で不誠実なところがあった。たとえば、第一巻第十二章でキャサリンは散歩の約束を守れなかった事情を説明するためにエリナーに会いに行くが、将軍は散歩が遅れないように、使用人にエリナーは不在だと言わせている。ノーサンガー・アビーでの将軍の言動は、いかにも怪しい。庭園を案内するとき、将軍はミセス・ティルニーの好んだ散歩道を避けようとする。将軍はミセス・ティルニーの肖像画も気に入らず、肖像画は居間にかけられることもなかった。修道院を案内するとき、将軍はミセス・ティルニーが亡くなった部屋をキャサリンに見せないようにする。エリナーによれば、ミセス・ティルニーが亡くなったとき、エリナーは不在だった。こういったことから、キャサリンは将軍に対する疑いを強めるのである。

将軍は、しかし、キャサリンが想像していたような人物ではない。彼がどのような人物かということこそが、この小説の、とりわけ第二巻の要なのである。将軍は、ゴシック・ロマンスに登場するような人物ではなく、きわめて現代的な人物なのである。

将軍はノーサンガー・アビー全体を近代的な建物に改造している。すでに見たように、ノーサンガー・アビーの外観にもキャサリンが最初に通された客間にも、中世の修道院を思わせるようなところは何もなかった。それだけでなく将軍は菜園をも近代的な農園に変えていたのだ。広々とした菜園には無数の塀と一つの村のような温室が立ち並び、パイナップル園では去年は百個のパイナップルができたという。台所には料理人の労働を容易にするためのさまざまな現代的工夫が加えられていた。語り手は「この台所でしめされた将軍の才能だけでも、彼はこの修道院の恩人のなかで高い地位を得たであろう」(一八三)と言う。家事室も合理的に改良され、負担を軽減するためにさまざまな設備が備えられていた。キャサリンは家事室の多様なこと、便利なことに感銘を受ける。彼女は「でもこれが修道院なのだ! 本で読んでいた家事のやり方と何と違うことだろう」（一八四）と感嘆することになる。

将軍は時事問題にも強い関心をもっている。彼はキャサリンに「眠るまえに、読み終えなければならないパンフレットがたくさんありましてな。おそらく、あなたが眠ったあと、何時間も国家の問題について読み耽っていることでしょう」（一八七）と語る。しかしキャサリンには、将軍の言葉が到底信用できない。「つまらないパンフレット」（一八七）を読むために何時間も起きていることなどあり得ない、もしかして将軍は夫人を幽閉していて、食事をあたえているのではないか、と彼女は考える。しかし、ホプキンズによれば、将軍は当時の扇動的なパンフレットの検閲をしているのである。[25]

将軍によるパンフレットの検閲以外にも、この小説には当時の人々にとって生々しい、現実的な問題が組み込まれている。オースティンはそうすることによって、感傷小説やゴシック・ロマンスを解体しようとしたのであろう。その一つは暴動である。キャサリン、エリナー、ヘンリーがビーチン・クリッフに散歩にでかけたとき、キャサリンは「何かとても衝撃的なものがロンドンで間もなく出ると聞きましたが」（一一二）と言う。彼女はゴシック・ロマンスが出版されることを言っているのだが、直前にヘンリーが政治の話をしていたこともあって、エリナーはロンドンで間もなく暴動が起こるものと誤解する。ヘンリーは妹の誤解を説明するためにこう語る。

「あなたはロンドンで予想されている恐ろしいことの話をしましたね――すると妹は、理性的な人間なら誰でも考えたように、そのような言葉は貸本屋にしか関係のないものだと即座に考えずに、すぐに三千人の暴徒が聖ジョージ広場に集まる光景を思い浮かべたのです。銀行が襲撃され、ロンドン塔が脅かされ、ロンドンの街路には血が流れ、（国民の希望の星である）第十二軽龍騎兵隊の派遣隊がノーサンプトンから招集されるのです。そして勇敢なフレデリック・ティルニー大尉が中隊の先頭に立って攻撃しようとした瞬間、二階の窓から飛んできた煉瓦のかけらによって馬から落とされる、そんな光景を想像したのです。妹の愚かさを許してください。妹としての恐怖が女性の弱さに加わったのです。でも妹は普段は決して馬鹿なことを考えたりはしないのです」。（一一三）

ヘンリーは一見エリナーの途方もない想像を批判しているように見える。しかし彼女が考えた暴動も、ヘンリーが語った暴動も、決して絵空事ではない。リッツによれば、「ヘンリーは一七八〇年のゴードン暴動の現実の細部をもとに想像上の惨事を作り上げているのである[26]」。ゴードン暴動以外にも、十八世紀後半には「食糧暴動」などさまざまな暴動が頻発していた[27]。ホプキンズが言うように、「新たな暴動に対するエリナー・ティルニーの恐怖はきわめて現実的なものであり一七九〇年代に特有のものなのだ[28]」。当時の人々にとってここでえがかれている暴動は、ゴシック・ロマンスの恐怖よりもはるかに現実味を帯びた恐怖なのである。

「近隣の自発的なスパイ」(一九八)もゴシック・ロマンスを解体するための仕掛けの一つであり、オースティンが現実を直視していたことをしめしている。フランス革命後のイギリスは、政治的にも、社会的にも不安定であった。ホプキンズは、市民が自発的にスパイを行い、パンフレットを検閲する習慣が確立していたこと、そのようなスパイの例がコールリッジの『文学的自伝』に報告されていること、そして将軍が明らかに自発的スパイの一人であったことを指摘している。[29] 暴動の場合同様、スパイも事実にもとづいているのである。[30] オースティンはパンフレットの検閲、暴動、スパイといった現実的な問題を組み込むことによって、ゴシック・ロマンスにはえがかれない現実を突きつけているのである。

将軍が夫人を殺害したのではないかと考えるキャサリンは、「将軍の残虐さの証拠」、たとえば「日記の断片」(一九三)を探すため一人で故ミセス・ティルニーの部屋に忍び込む。しかし彼女が目にしたのは、残虐さのかけらもない、西日が陽気に降り注ぐ「大きな、釣り合いのとれた部屋」(一九三)であった。さすがのキャサリンも自らの思い違いに気づき、あわてて自分の部屋に戻ろうとするが、ヘンリーと出くわす。彼は彼女が抱いていた疑念を察知し、こう諭す。

「わたしの理解が正しければ、あなたはほとんど言葉にできないような恐ろしいことを考えていたのです――ねえ、モーランドさん、あなたが抱いた疑惑がどんなに恐ろしいものか、考えてごらんなさい。何を根拠に判断したのですか？　われわれの住んでいる国と時代を思い出してください。われわれがイギリス人だということ、キリスト教徒だということを思い出してください。あなた自身の理解力、あなた自身がありそうだと判断する感覚、身の周りで起こっていることであなたが観察したことを考えてください――われわれはそんな残虐なことをするように教育されているでしょうか？　われわれの法律はそんなことを黙認するでしょうか？　社交や文通がしっかりと行われている国、すべての人が近隣の自発的なスパイに取り囲まれている国、道路と新聞がすべてのことを明るみに出してしまう国、そんな国で残虐なことが人に知られずに行われるでしょうか？　ねえ、モーランドさん、あなたは何ということを考えていたのです？」（一九七－八）

ヘンリーの説教は、キャサリンの疑念が現実にはまったくありえないことを強調している。将軍に対する疑いはまったく根拠のないものであり、「自ら招き、自ら生み出した妄想」（一九九）にすぎないこと、そしてすべてはゴシック・ロマンスを読み耽ったことに原因があることを思い知らされる。かつてはアビー（修道院）という言葉を聞いただけであれほど興奮していたのに、彼女にとってアビーはただの家でしかなくなる。彼女自身、「何という考え方の変わりようだろう!」(二一二)と考えるほどだ。ただし、キャサリンが気づいているかどうかは別にして、さきに触れたパンプレット、暴動、スパイなどがしめしているように、現実の社会は、ゴシック・ロマンスとは別の意味で危険で不安定であることを忘れてはならない。

事実キャサリンは、ゴシック・ロマンスよりも恐ろしい現実の恐怖を思い知らされることになる。将軍は、モーランド家は資産家であり、キャサリンはミスター・アレンの相続人であるというジョン・ソープの虚栄心がでっちあげた話を鵜呑みにし、彼女をヘンリーの嫁にすることを目論む。そのために彼は彼女をノーサンガー・アビーに招待し、彼女自身ほとんど気づいていないが、ことあるごとに二人が結婚するよう仕向けるのである。アレン夫妻が言っていたように、若い男女がオープン型馬車に乗ることは不作法なことであるにもかかわらず、将軍がキャサリンとヘンリーにそうすることを提案したのは、二人の関係を深めさせるためであろう。「近いうちに茶器セットを選ぶ機会があるでしょう――もっとも自分のためではありませんが」。(一七五)「これからさき、最初に泊まっていただけるのは、『フラートンの友人たちでしょう』」。(一八五)「この部屋にはすぐに家具などが備えられるでしょう。ご婦人の趣味を待っているだけなのですから」。(二一四)これらの将軍の言葉がキャサリンとヘンリーの結婚をほのめかしていることは言うまでもない。彼はウッドストン訪問を提案するが、キャサリンに将来の家となる牧師館を見せるためであることも明らかであろう。

だが、将軍は態度を豹変させる。モーランド家は貧乏で、子供が多く、尊敬もされておらず、アレン夫妻の財産は若者が相続するというジョンの話をふたたび鵜呑みにした将軍は、怒りにまかせて、キャサリンをノーサンガー・アビーから追放する。彼女が将軍に対して漠然と感じていた不安が現実のものとなったのだ。

夜は重苦しく過ぎた。眠りも、眠りに値する休息も問題外だった。アビーに到着した夜、この部屋で彼女は混乱した空想のために苦しんだのだが、その部屋がふたたび動揺した精神と不安な眠りの場面となった。だが、いまの彼女の不安の原因はその時のものとは何と異なっていることだろう——現実性においても実態においても、悲しいほど勝っているのだ！彼女の不安は事実にもとづいており、彼女の恐怖は可能性に根ざしていたのだ。（二二七）

キャサリンは付添い人もなしに、駅伝馬車で、七十マイルもの旅を強いられることになる。そのうえ彼女は旅行費用さえ所持していないという現実を突きつけられる。エリナーの申し出がなければ、彼女は家に帰る費用さえなしにアビーから追い出されていたかもしれないのだ。ここで作者は金の重要性を指摘しているのである。

将軍はキャサリンが想像していたような、妻を殺害したり幽閉したりするような悪漢ではない。修道院を改修し、新しい設備を整え、菜園を整備する近代的な経営者である。しかしキャサリンが将軍に対して漠然と感じていた不安はまったくの見当はずれではなかった。彼は財産目当てにキャサリンとヘンリーとの結婚を目論み、その思惑がはずれると、彼女をアビーから追放するような悪漢なのである。「ティルニー将軍に妻を殺したとか、幽閉したという疑いをかけたが、彼の人格を見損なったとか、彼の残虐さを誇張する罪は犯さなかった」（二四七）のである。キャサリンはヘンリーよりも正確に将軍の本質を見抜いていたのである。

　オースティンは現代の悪漢であるティルニー将軍をも揶揄している。彼がキャサリンをアビーに招待したのも、そこから追放したのも、軽薄なジョンの虚言を真に受けたからである。そしてエリナーが財産と爵位のある紳士と結婚し、モーランド家やキャサリンに彼が考えている以上の財産があることがわかると、自分としては不本意なキャサリンとヘンリーの結婚を許すのである。将軍がキャサリンをアビーから追放しなければ、ヘンリーは将軍の反対を押し切ってまでキャサリンに求婚していなかったかもしれない。結果だけを見れば、将軍は軽薄を絵に描いたようなジョンの言葉に踊らされ、二人の結婚を促したのである。[31]

　残りのページが少ないことから、「わたしたちがすべて、完璧な幸福に向かって急いでいる」（二五〇）ことが分かるだろうという語り手の言葉からも窺われるように、この小説の結末はかなりぞんざいである。キャサリンとヘンリーの結婚にとって唯一の障害は将軍の承認が得られないことである。しかし、いま触れたように、エリナーの突然の結婚の結果、将軍が「上機嫌の発作」（二五〇）に襲われ、この障害はあっさりと取り除かれ、彼は「ミスター・モーランドの境遇についての正しい理解」（二五一）を得る。作者としては、父の残虐さを知ったヘンリーが彼に逆らってまでキャサリンに求婚したこと、そして何よりも、まずキャサリンがヘンリーに好意を寄せ、そのことを確信したヘンリーが彼女を真剣に考えるようになったという「ロマンスにおける新しい状況」（二四三）を強調したかったのであろう。しかしヘンリーと結婚するキャサリンは、かつての無垢で、溌剌としたキャサリンではない。[32] 現実を経験したことによって、キャサリンの無垢は失われたのである。

作者は、「将軍の不当な干渉」が二人の幸福に貢献したことをのべたあと、「この作品の目的が親の横暴を勧めることであるか、それとも子の反抗に報いることであるかは、関心のある方に決めていただきたい」（二五二）という文でこの作品を終えている。何とも曖昧な終わり方である。[33] しかし、ライトも指摘しているように、[34] そもそもこの二つの選択肢は『ノーサンガー・アビー』の意図とは無関係である。この作品の意図は、決して教訓的なものではなく、ヒロインの成長をえがくとともに、感傷小説やゴシック・ロマンスを批判し、自らの小説観をしめすことにあるからだ。作品の最後で作者は改めて作品から距離をおき、結局この作品もフィクションであることを改めて告げているのである。

4

キャサリンがゴシック・ロマンスの夢から目覚めたあと、語り手はこう語る。

ミセス・ラドクリフの作品はすべて魅力的で、彼女の模倣者の作品でさえも魅力的だけれど、おそらく、それらの作品のなかに人間性、少なくともイングランド中部諸州の人間性を求めることはできないだろう。それらの作品はアルプス山脈やピレネー山脈については、松林や悪徳とともに、忠実に描写するかもしれない。そしてイタリア、スイス、フランス南部は、それらの作品にえがかれているように、恐怖に満ちているのかもしれない。（略）アルプス山脈やピレネー山脈には、おそらく、善悪が混じりあった性格の持ち主はいないのであろう。そこでは天使のように非の打ちどころのない人物でない者は、悪魔の性質をもつのかもしれない。しかし、イングランドではそのようなことはない。キャサリンの信じるところでは、イギリス人のあいだでは、心情においても習慣においても、不均等ではあっても、一般に善と悪が入り混じっているのである。（二〇〇）

この一節は、オースティンの小説観や人間観をもっとも直截的にあらわしている。ゴシック・ロマンスの世界では善と悪の入り混じった性格の者はいない。しかし少なくともイングランド南部ではそんなことはない。現実の人間は、不均等ではあっても、普通、善と悪が入り混じっているものである。小説はこのような現実の人間をえがくべきである。これがオースティンの人間観であり、小説観なのである。

さきにも指摘したように、オースティンのこの小説における主張の一つは、現実はゴシック・ロマンスとは異なるということである。オースティンは、しかしながら、ゴシック・ロマンスや感傷小説そのものを全面的に否定しているわけではない。作者の代弁者でもあるヘンリーの言葉がこのことを物語っている。ビーチン・クリッフを見るとフランス南部を思い出す、とキャサリンが言ったあと、二人はつぎのような会話を交わす。

「では、外国に行ったことがあるのですか?」少し驚いてヘンリーが言った。

「あら! いいえ、本で読んだことを言っているだけです。あれを見るといつも『ユードルフォの謎』のなかでエミリーとその父親が旅をした国を思い出すのです。でも、多分あなたは小説なんか読まないのでしょう」。

「それはまたどうして?」

「だって小説なんてあまり巧くできていないのであなたにふさわしくありませんもの。男の人はもっとましな本を読むものです」。

「男であれ女であれ、よい小説を楽しまない人間は我慢のならない愚か者に違いありません。ぼくはミセス・ラドクリフの作品はすべて読みました。しかもその大部分は大層楽しみました。『ユードルフォの謎』は、一度読みだすと、途中でやめることができませんでした。――二日で読み終えたことを覚えています――その間、髪は逆立ったままでした」。（一〇六）

さらにつづけてヘンリーは、キャサリンよりもまえから、何百冊という小説を読んでいることを強調している。キャサリンとヘンリーがゴシック・ロマンスを小説に含めていること、あるいは第一巻第五章において語り手が感傷小説である『セシリア』『カミラ』『ベリンダ』（三八）を擁護すべき小説の例として挙げていることは注目に値する。[35] ヘンリーやオースティンがゴシック・ロマンスや感傷小説を含む広い意味での小説を肯定していることは言うまでもない。キャサリンがアビーを追放されたことと、彼女がゴシック・ロマンスを読んでいたこととは無関係である。それどころか、小説を読むことには、実際的な効果もあるのだ。キャサリンが将軍に直観的に疑いをもったのは、彼女がゴシック・ロマンスを読んでいたからであり、[36] 逆に将軍がジョンの話を二度までも鵜呑みにしたのは、小説を読んでいなかったからであろう。[37] オースティンはフィクションと現実を混同し、ゴシック・ロマンス的妄想にもとづいて現実を歪めることの愚かしさを批判しているのである。

『ノーサンガー・アビー』は、小説とは何かということを強く意識して書かれた作品であり、オースティンの小説観をもっとも直截に表明した作品である。第一巻第五章の小説擁護論において、オースティンは小説が不当に軽視されている現状を告発している。彼女にとって小説とは「精神の最高の能力が発揮され、人間性についてのもっとも完全な知識、その多様性についてのもっとも適切な描写、機知とユーモアのもっとも生き生きとした発露が、選び抜かれた最上の言葉で世間に伝えられる作品」(三八)なのである。この小説がそのような作品になりえているとは言い難い。オースティンは、しかし、もっとも初期の作品において、ヒロインの精神的成長をえがくとともに、おもに感傷小説やゴシック・ロマンスのバーレスクによって自らの小説観をしめしたのである。

第二章　対照的な恋愛と結婚
——『分別と多感』

1

『分別と多感』は、はじめ一七九五年に「エリナーとマリアン」という書簡体小説として書かれた。その後一七九七年十一月と一七九八年のあいだに現在の物語体の小説に書き直され、おそらく一八〇九年八月と一八一〇年のあいだにさらに書き改められ、一八一一年十月に「ある婦人による」作品として出版された。『分別と多感』はオースティンの最初に出版された作品である。[1]『分別と多感』は、改めて断るまでもなく、分別（sense）と多感（sensibility）にかんする小説である。[2]分別と多感は、それぞれおもにエリナー・ダッシュウッドとマリアン・ダッシュウッドによって体現されている。このことは、いま触れたように、この小説のもともとのタイトルが

「エリナーとマリアン」であり、エリナーが分別に、マリアンが多感に対応していることからも明らかであろう。オースティンは、このような二人の特質をおもにそれぞれの対照的な恋愛と結婚を通して表現しているのである。ここでは姉妹の恋愛と結婚を中心に検討し、分別と多感という問題をこの小説のプロットという観点から考察したい。

2

分別と多感はそれぞれ基本的にはエリナーとマリアンによってあらわされている。ただし、ここで注意しなければならないことは、エリナーは分別だけの人間ではないし、マリアンも多感だけの人間ではないことである。第一章の終わりにあらわれるつぎの文章は、このような二人のヒロインと彼女らの母親であるミセス・ダッシュウッドの特徴をあざやかに描写している。

きわめて効果的な忠告をした長女のエリナーは、しっかりとした理解力と冷静な判断をそなえていた。そのため、わずか十九歳ではあったが、彼女は母親の相談役となり、大体において軽率さにつながったに違いない母の気性の激しさを、一家にとって幸いなことに、しばしば和らげることができた。彼女はすぐれた心情をもっていた。彼女の気質は愛情深く、彼女の感情は激しかった。しかし彼女はその感情を抑えるすべを心得ていた。それは彼女の母がこれから身につけなければならないことであり、妹の一人が決して学ぶまいと心に決めたことであった。

マリアンの才能は、多くの点で、エリナーにひけをとらなかった。彼女は感じやすく、利口ではあったが、何ごとにおいても熱烈だった。悲しみも喜びもほどほどということがなかった。彼女は寛大で、愛想もよく、面白みもあったが、決して慎重とは言えなかった。彼女と母親はとてもよく似ていた。

エリナーは、気遣いながら、妹の過剰な感受性を見ていたが、ミセス・ダッシュウッドはそれを評価し、大切にしていた。(六-七)

エリナーとマリアンは「平面的人物」ではない。[3] エリナーにも多感的要素はあり、マリアンにも分別的要素はある。基本的には、と断った一つの理由はここにある。たとえば、エリナーにも激しい感情はある。ルーシー・スティールの結婚した相手がロバート・フェラーズであることを知ったときの彼女の激しい感情の発露がこのことを物語っている。ただ彼女は自分の感情を抑えることができる。これがマリアンとの大きな相違である。

一方、マリアンは決してロマンチックな、感情だけの夢想家ではない。一見金を軽視しているように見えるマリアンだが、彼女の金銭感覚は、実質的には、エリナーのそれ以上なのである。「財産」(wealth)と「そこそこの収入」(competence)(九一)をめぐる二人の議論がこのことを端的にしめしている。マリアンが「そこそこの収入」と言うとき、彼女はジョン・ウィロビーとの結婚を考えているのだが、要するに彼女は結婚生活には金が不可欠であることを充分に認識しているのである。そして物語が進むにつれて、エリナーが多感的要素を、そしてマリアンが分別的要素を身につけることも忘れてはならない。

分別と多感は、エリナーとマリアン以外の人物によってもあらわされている。これが基本的には、と断ったもう一つの理由である。登場人物にはそれぞれ個性があり、図式的になりすぎる嫌いは否めないが、分別はエドワード・フェラーズ、ブランドン大佐によってもあらわされ、多感はウィロビー、ロバート、ルーシー、ミセス・ダッシュウッド、ジョン・ダッシュウッド、ファニー・ダッシュウッドによってもあらわされているのである。[4]

分別とは、個人の考えや感情よりも社会との調和、社会的規範、他人への配慮を重視する立場である。ここでは約束を守ることや義務を果たすことが何よりも重視される。ごく簡単に言えば、個人よりも社会を重視する立場である。一方、多感とは、何よりも個人の考えや感情に忠実であろうとする立場である。分別とは異なり、自分の考えや感情をあからさまに表明することをいとわない。結果的に本人や関係者を苦しめることもあるが、あくまで社会よりも個人を重視しようとする立場である。

エリナーとマリアンがあらわす分別と多感とは具体的にはどのようなことなのであろうか。代表的ないくつかの事例を確認しておきたい。エリナーは、どのようなことがあっても、他人への配慮を忘れず、冷静かつ現実的に対応する。彼女は、ファニーに腹をたて、今すぐにでもノーランド・パークを出ようとするミセス・ダッシュウッドを思いとどまらせ、慎重に家を捜す。バートンへ移るときも、馬車を売るよう母にアドヴァイスし、使用人の数を減らす。ダッシュウッド母子が無事にバートンに落ち着くことができたのも、エリナーの分別に負うところが大きい。

エドワードにかんして、エリナーが感情的になることはほとんどない。彼女は「エドワードのよそよそしさと寡黙」（八九）に苛立つが、あくまで丁重に扱おうとする。彼がバートン・コテージを去るときも彼女は感情を抑える。ルーシーからエドワードと婚約していたことを告白されたときはさすがにショックをうけるが、必死で平静をよそおう。ルーシー、エドワードと三人きりになったときも（第二巻第一三章）、エリナーは冷静に対応する。使用人のトーマスからルーシーがミスター・フェラーズと結婚したことを知らされたとき、一瞬動揺するが、すぐに落ち着きを取り戻す。どんなことがあっても彼女は決して「自制」（self command）（一〇四、一三一）を失うことはないのである。

エリナーは困った人たちとも付き合うことができる。たとえば、マリアンがウィロビーに裏切られたあと、「二人はいつ結婚するのか?」（一八一）と尋ねるミセス・ジェニングズ。エリナーにブランドン大佐との結婚をすすめ、温室を作るためにクルミの老木や古いイバラを切り倒したというジョン。エドワードとの婚約を誇示し、優越感にひたるルーシー。自らの「中身のなさと自惚れ」を棚に上げ、エドワードの「ひどい無作法」（二五〇）や「田舎家」（二五二）について長々と話す、俗物を絵にしたようなロバート。ダッシュウッド母子を事実上ノーランド・パークから追い出したファニー。エドワードを勘当したミセス・フェラーズなどである。[6]

あとで触れるように、ロンドンでウィロビーの裏切りが露見したとき、エリナーはマリアンに劣らず激しく泣き、ウィロビーに憤慨する。エリナーにしては珍しいことだが、しかし彼女はマリアン自身軽率だったこと、「ウィロビーに手紙を書いてしまったこととの不穏当さ」（一八八）を見逃さない。そして彼女は、明日にでもバートンに帰るというマリアンを、「ごく普通の礼儀」（一九一）からしてもそのようなことはできないと諭すのである。エリナーはどのようなことがあっても感情に流されることはない。

「どんなに些細なことであっても、マリアンには心にもないことを言うことはできなかった。したがって礼儀上必要な場合、嘘をつく役目はすべてエリナーにまわってきた」。（一二二）この文章はマリアンの多感とエリナーの分別を如実にしめしている。マリアンの多感とは、自己の考えや感情を偽らないことであり、それらを率直に、場合によっては実際以上にあからさまに表現することである。言葉をかえれば、自分自身に嘘をつかないことである。マリアンは、「レディ・ミドルトンはなんて素敵な方なのでしょう!」(一二二)とお世辞を言うルーシーに同調することはない。レディ・ミドルトンからカードに誘われても「いつものように一般の礼儀作法を無視して」(一四四)断る。ロンドンで訪問者がウィロビーではなくブランドン大佐であることが分かると、マリアンは即座に部屋を出て行く。彼女は「ミセス・ジェニングズの親切は同情じゃない。彼女の善良さはやさしさじゃない」(二〇二)と言ってミセス・ジェニングズを避けようとする。ダッシュウッド夫妻のパーティで、エリナーがスクリーンにえがいた絵をミセス・フェラーズが無視するとマリアンは彼女に対する怒りを爆発させ、激しく泣きくずれるのである。このようなマリアンの言動は、自己に正直だともいえるが、マナーに反する、自己中心的なものでしかない。そして、さきの引用文にあるように、エリナーがマリアンの行為の埋め合わせをしていることを忘れてはならない。

マリアンは、エリナーとは異なり、自らの感情をあからさまにあらわす。ノーランドをあとにするとき、バートンからロンドンに出発するとき、そしてロンドンからクリーヴランドに出発するとき、いずれの場合においてもマリアンは喜びや悲しみを隠そうとはしない。ウィロビーがはっきりした理由も告げずにバートンを去ったとき、マリアンは悲嘆に暮れる。

マリアンは食事の時刻まで姿をあらわさなかった。その時刻になると彼女は部屋に入ってきて、一言も言わずにテーブルの自分の席についた。彼女の目は赤くはれあがっていた。そのときでさえやっとのことで涙をこらえているようだった。彼女はみんなの視線を避け、食べることもしゃべることもできなかった。しばらくして母親が優しい思いやりをこめてだまって彼女の手を握ると、わずかな気丈さもくずれてしまい、彼女は泣き出し部屋を出ていってしまった。

このような激しい傷心はその夜のあいだつづいた。本人に自制しようという気がないので、彼女はまったく無力であった。ウィロビーに関係のある話が少しでもでると、たちまち耐え切れなくなってしまうのだった。家族は心配して彼女を慰めようと細心の注意を払ったが、話をする以上、彼女の気持ちのなかで彼と結びつく話題をすべて避けることは不可能であった。(八二)

マリアンには他人への配慮といったものがない。自分の感情を抑えることができないし、またそうする気もないのである。

ロンドンのパーティでウィロビーと再会したとき、エリナーはマリアンに「お願いだから落ち着いて。心の内をここにいる人たちにさらけだすようなことはしないで」(一七六)といかにもエリナーらしいアドヴァイスをする。しかしマリアンはすぐに感情を表に出し、取り乱してしまう。彼女は感情を抑えきれず、涙を流しながらウィロビーに最後の手紙を書く。そして彼女は「とめどない悲嘆のほとばしり」(一八五)に身をまかせる。エリナーの励ましにもかかわらず、マリアンは立ち直ろうとしない。そして明日にでもバートンに帰るというのである。『分別と多感』は感傷小説に対する批判であり、オースティンがこの小説で，たとえばマリアンのこのような多感を批判していることは言うまでもない。[7]

エリナーの分別とマリアンの多感は、人物の評価にも反映されている。マリアンはエドワードに物足りなさを感じている。

「エドワードはとても気のいい人で、わたしだって好きだわ。でもね——彼は性の合いそうな若者ではないわ——何か欠けているものがあるし——姿だって際立っていないわ。姉さんを本当に惹きつけるような男性にあってしかるべき優雅さがまったくないのよ。彼の目には、美徳と知性をしめすあの気迫、あの熱意がまったくそなわっていないわ。しかもそのうえにね、お母さま、あの人には本当の趣味がなさそうなの。(略)わたしだったらすべての点で趣味が一致する人でなければ、幸せになんかなれないわ。わたしの気持ちをすべて汲み取らなければならないの。同じ本、同じ音楽が、わたしたち二人を惹きつけなければならないのよ。ああ、お母さま、昨夜のエドワードの朗読の仕方といったら、何と生気がなく、単調だったことでしょう！（略）わたしなんかほとんど座っていられないほどだったわ。しばしばわたしをほとんど熱狂させたあの美しい詩が、あれほど鈍感な冷静さと恐ろしいほどの冷淡さをもって読まれるのを聞かされるとね！」（一七-八）

マリアンはさらにつづけて「かりにわたしが彼を愛していて、彼があんなに情感（sensibility）乏しく朗読するのを聞かされたら、幻滅してしまうわ」（一八）と言う。エドワードは「マリアンの考えでは唯一趣味と呼びうるあの熱狂的な喜び」（一九）を欠いているのである。感情過多のマリアンらしい評価と言えよう。

一方、エリナーはウィロビーに批判的である。彼女は彼に「人のことや状況にかまわず、ことあるごとに思ったことを言い過ぎるという傾向」（四八-九）を見いだしていた。彼は性急に他人を判断したり、礼儀作法をあまりにも安易に軽視したりする。これらはマリアンにも共通する特徴であり、彼女自身は気に入っていたが、エリナーにとっては是認できるものではなかった。

ウィロビーやマリアンにとって、ブランドン大佐は軽蔑すべき人物でしかない。ウィロビーに言わせれば、ブランドン大佐は「みんな口ではよく言うけれど、誰も気に掛けない人間。みんな喜んで会うが、誰も忘れずに話しかけようとはしない人間」（五〇）である。マリアンに言わせれば、「彼には才能も趣味も元気もない。理解力には冴えがなく、感情には勢いがなく、声には表情がない」（五一）ということになる。しかしエリナーはつぎのように彼を弁護する。「あなたのおっしゃるわたしの被保護者は分別のある方です。そして分別というものは、いつもわたしを引きつけるのです」。（五〇–一）「わたしが断言できるのは彼には分別があり、育ちがよく、博識で、物腰が穏やかだということです。きっとやさしい心の持ち主だと思います」。（五一）エリナーにとってブランドン大佐だけが新しい知り合いのなかで「能力に多少とも敬意を払うことができ、交際してみたい気をおこさせ、話し相手として楽しそうな人物」（五五）なのであった。このようなブランドン大佐に対する評価は、ウィロビーやマリアンの悪い意味での多感、エリナーの分別重視をはっきりとしめしている。

3

以上のようにエリナーとマリアンはさまざまな場面で彼女たちの基本的特徴である分別と多感を発揮するが、それらがもっともはっきりとあらわれるのはそれぞれの対照的な恋愛と結婚においてである。物語はエリナーとマリアンの恋愛と結婚を中心的なプロットとして展開する。このことは『分別と多感』のフランス語訳が Raison et Sensibilite, ou les deux manieres d'aimer（Reason and Sensibility, or the Two Ways of Loving）であることからも明らかであろう。[8]

エリナーとエドワードの恋愛と結婚には、若々しい情熱はまったくと言っていいほど感じられない。つぎに引用するエリナーとマリアンの会話は二人の恋愛の質を知るうえで興味深い。

「わたしがあの方をとても尊敬していること――評価しているし、好意をもっていることを否定しようとは思わないわ」とエリナーは言った。

ここでマリアンは憤慨して声をあげた。

「評価している！　好意をもっている！　なんて冷淡なエリナー！　ああ！　冷淡よりもっとひどいわ！　冷淡でないことを恥じるなんて！　もう一度そんな言葉を使ったら、すぐにこの部屋を出ていきますからね」。（二一）

エリナーは心のなかで激しいものを感じているのかもしれない。というのも彼女はこのあとマリアンに「自分の気持ちはいま言ったよりも強いものだと考えてほしい」（二一）と言っているからだ。彼女は、しかし、その思いを表にだすことはない。すぐに結婚を期待するミセス・ダッシュウッドやマリアンとは異なり、エリナーはエドワードとの結婚には多くの障害があることを冷静に把握している。

エリナーは、ノーランドを去り、エドワードと別れるにあたっても平静さを失わない。一方のエドワードもエリナーに劣らず冷淡である。ミセス・ダッシュウッドによれば、エリナーはバートランドに移ってほぼ二週間たっても、エドワードが来ることを期待していない。マリアンにすれば、このような二人が歯痒く、不思議でならないのである。彼女は母につぎのように言う。

「ずいぶん不思議だわ！　一体、どういうことなのかしら！　あの二人のおたがい同士の態度といったらすべて不可解だったわ！　二人の最後の別れときたら、なんてよそよそしく、落ち着いていたことでしょう！　二人が一緒に過ごす最後の夜の会話も、まるで熱意がなかったわ！　エドワードの別れの言葉には、姉さんとわたしとの区別はまったくなかったわ。やさしい兄さんからわたしたち二人への別れの挨拶だった。最後の日の朝、わざと二度も二人だけにしてあげたの。でも彼はどういうわけだか、二度ともわたしのあとについて部屋を出てくるの。それに姉さんにしたって、ノーランドとエドワードからはなれるとき、わたしみたいに泣いたりなんかしなかった。いまでも姉さんの自制心は不動なのね。姉さんはいつがっかりしたり、ふさぎ込んだりするのかしら？　人とのつきあいを避けたり、人前で、落ち着かない、不満な様子をするときがあるのかしら」。（三九）

エドワードがバートンを訪れたときも、二人は冷淡なままである。「実際マリアンにとってエドワードとエリナーの再会は、彼女がノーランドでしばしば二人のお互いに対する態度に認めていた不可解なよそよそしさの延長でしかなかった。ことにエドワードにはこのような場合の恋人の表情や言葉がまったく欠けていた」。そして「エドワードは特別な愛情のしるしでエリナーを区別することもない」（八七）のである。

エドワードは存在感の乏しい人物である。ルーシーとの婚約を考慮にいれたとしても、このような彼のエリナーに対する態度はあまりにも消極的である。彼はルーシーとの愛情のない婚約をひたすら守ろうとするだけで、積極的に行動することはない。エリナーも、二人の婚約を秘密にするというルーシーとの約束があるとはいえ、消極的である。是非はともかく、彼女は自分の気持ちに忠実ではない。だから二人の結婚は説得力を欠くのである。さきにこの二人に対するマリアンの不満を引用したが、それはオースティン自身の不満でもある。オースティンはマリアンを通してエリナーとエドワードの過度な分別を批判しているのである。

マリアンとウィロビーの関係は、エリナーとエドワードのそれと著しい対照をなす。すでに引用したエドワードを批判する発言のなかで、マリアンは自らの理想についても語っている。「わたしだったらすべての点で趣味が一致する人でなければ、幸せになんかなれないわ。わたしの気持ちをすべて汲み取らなければならないの。同じ本、同じ音楽が、わたしたち二人を惹きつけなければならないのよ」。（一七）劇的な出会い、彼女が空想していた「お気に入りの物語の主人公」（四三）にふさわしい容姿と物腰、ダンス、音楽、本など驚くほどよく似た趣味、「残念ながらエドワードにはなかった感受性（sensibility）と活気」（四八）にあふれた朗読――これだけそろえば恋をしない方が無理というものであろう。マリアンにとってウィロビーは、恋人の条件をすべて満たした、まさに理想の恋人であった。

エリナーの注意にもかかわらず、マリアンはウィロビーに夢中になる。彼女は深い考えもなしに、ウィロビーから馬を一頭プレゼントしてもらうことにする。（ただしエリナーのたくみな説得でマリアンは辞退する。）マリアンはウィロビーに髪の房をあたえる。彼女は彼と二人でアレナムへ行き、屋敷を見てまわる。エリナーはこれを咎めるが、「していることの楽しさ」（六八）こそがその妥当性の何よりの証拠だと言って、真剣に反省することはない。ロンドンに行ってからも、マリアンはウィロビーに手紙を出しつづける。このようなマリアンの行為は軽率であり、エリナーやオースティンが重視する礼儀（propriety）に反するものであった。[9] マリアンの多感は何らかの形で抑制されなければならない。その契機となるのがマリアンの病気なのである。病気を境として、マリアンの魅力でもある多感は失われ、彼女は急速に分別に傾斜する。彼女は自らの病気についてつぎのように述懐している。

「病気のおかげで考えさせられたわ――病気が真剣に考えるための時間と落ち着きをあたえてくれたの。話ができるほどまでに快復するかなりまえから、よく考えることはできたの。過去のことを考えてみたの。去年の秋に彼と知り合って以来、わたしの行動は自分に対する無分別と他人への不親切ばかりだった。わたし自身の感情がわたしの苦しみの下地となったこと、そしてその苦しみに耐える精神力のなさのためにほとんど死にかけてしまったことが分かったの。自分でもよく分かっているのですが、わたしの病気は、そのときでさえ間違っているとわたしが感じていた自分の健康に対する不注意によってすべてもたらされたのです」。(三四五)

マリアンは「自分に対する無分別と他人への不親切」を認め、自分自身の「感情」が苦しみの原因となっていることに気づく。彼女はミセス・ジェニングズを始め、さまざまな人々、とりわけエリナーを傷つけていたことを猛省する。そして彼女はエリナーに「もう計画をたてたわ。その計画を守ることができれば――感情を抑えることができるでしょうし、短気も直るでしょう。もうわたしの感情が他人を苦しめたり、わたしを悩ませることはないでしょう」(三四七)と言う。「感情を抑える」、これは本論の冒頭で触れたエリナーの特質にほかならない。

マリアンの多感の喪失と分別への傾斜は、彼女のブランドン大佐に対する態度に端的にあらわれている。マリアンが母親であるミセス・ダッシュウッドを連れてきてくれたことに対してブランドン大佐に礼を言うのは当然であろう。しかし彼女は、あろうことか、あのブランドン大佐と結婚までするのである。マリアンはエリナー以上に分別を身につけてしまったのであり、分別が多感に勝利したのである。

4

エリナーがエドワードと結婚し、マリアンがブランドン大佐と結婚するという『分別と多感』のプロットは、分別の多感に対する優位をしめしている。しかしこの小説は同時に分別の限界とオースティンの多感への傾斜をもしめしているのである。

エリナーとエドワードの結婚には多くの点で不満が残る。第一に、彼らの結婚はルーシーがエドワードとの婚約を一方的に破棄し、ロバートと結婚した結果もたらされたものに過ぎず、当の二人は結婚のために自発的にはまったく何もしていないからである。[10] 言い方を換えれば、ルーシーがロバートと結婚しなければ、エリナーとエドワードは結婚できなかったのである。彼らは自分たちの努力によって結婚を勝ち取ったのではない。また、エリナーとエドワードの出会いから結婚までの経過が詳しくえがかれていないことも不満な点である。二人が会話を交わすことは少なく、ほとんどが形式的なやりとりに過ぎない。エドワードのプロポーズにしてもそっけなく触れられているだけである。

そもそもエリナーとエドワードの結婚の誘因となったルーシーとロバートの結婚自体、説得力を欠いている。エドワードがルーシーとの婚約を解消する意志がないことを表明したあと、ジョンはエリナーに「わたしたちは今度はロバートがモートン嬢と結婚することを考えている」(二九六)といっている。ロバート自身、ルーシーにまったく魅力を感じていない。彼は彼女について「まったくのぶざまな田舎娘で、品の良さもなければ優雅さもなく、美しさなどほとんどない」(二九九)と述べている。欲得ずくで、エドワードへの愛情を失ったルーシーはともかく、ロバートがルーシーと結婚する気になるとは考えにくい。エリナーにとって二人の結婚は理解できないものである。エドワードはその結婚について一応説明しているが、そのエドワードでさえ二人の結婚は予想していなかったのである。彼らの結婚には無理があると考えるのが自然であろう。

ルーシーからエドワードと四年間婚約していたことを告げられ、そのことを事実として認めざるをえなくなったとき、エリナーは一瞬「彼の自分へのひどい仕打ち」(一三九)を恨む。しかし彼女はエドワードが自分を愛していること、エドワードは「ルーシーのような教養のない、狡猾で利己的な妻」(一四〇)に満足できるはずがないと考える。そして彼女は自分自身のためよりも彼のために泣くのである。「二人の婚約の詳細」(一四二)をルーシーから聞きだすために彼女と話し合ったあと、エリナーは「エドワードには妻となる相手への愛情がないだけでなく、結婚してもそこそこ幸せになれる見込みさえない」(一五一)ことを確信するのである。

エリナーは、しかし、二人の婚約を秘密にするというルーシーとの約束をただひたすら守ろうとする。[11] 彼女は母やマリアンに事実を知られないようにする。ウィロビーに裏切られたマリアンから「自分に悲しみのない人にとって、しっかりしろというのはたやすいことだわ。幸せな、幸せな姉さんにはわたしの苦しみなんか分かるはずがないのよ」(一八五)「でもやっぱり姉さんは——幸せに違いないわ。エドワードが愛しているのですもの」(一八六)と言われても、エリナーはマリアンの誤解を解こうとはしない。ルーシーとエドワードの秘密の婚約が露見し、マリアンから「何が支えだったの?」と尋ねられたとき、エリナーは「自分の義務を果たしていると考えることによって。ルーシーとの約束で秘密を守らなければならなかった」(二六二)と答えている。彼女にとっては、義務と約束が自分の気持ち以上に重要なのであり、エドワードがルーシーと結婚することを冷静にあきらめようとする。そして彼女は、エドワードが結婚できるようにデラフォードの聖職禄をエドワードに提供することを伝えて欲しいというブランドン大佐の依頼を喜んで引き受けるのである。

エドワードも、エリナー同様、ルーシーとの約束（婚約）を守ろうとする。「エドワードにはもっとも鋭敏な良心、どんなに些細な約束でも、どんなに自分の利益や意向に反する約束でも、すべての約束を果たすもっとも細心な良心がある」（二四三–四）というマリアンの言葉は、エドワードの本質を正確に言い当てている。実際彼は母親であるミセス・フェラーズに説得されても、経済的損失を被っても、母親から勘当されても、ルーシーとの形骸化した婚約をひたすら守ろうとする。もちろん、当時、一般に男性からは婚約を解消できなかったという事情は考慮しなければならない[12]。しかし、オースティンの小説のヒロインやヒーローが無批判に当時の常識、マナー、コンヴェンションといったものにしたがっているわけではない。むしろ、そういったものに逆らうことこそが彼らの魅力だとも言える。たとえば、『ノーサンガー・アビー』において、ヘンリーは父に逆らってキャサリンに求婚している。一方、女性であるキャサリンは、男性であるヘンリーよりもさきに彼に好意を寄せているが、これは「男性が愛を告白するまえに、若い女性が恋に落ちることは許されない」（*NA* 二九–三〇）というコンヴェンションに反することである[13]。『高慢と偏見』において、エリザベスは病気のジェインを見舞うため、三マイルものぬかるんだ道を歩いてネザーフィールドを訪問するが、少なくともビングリー姉妹に言わせれば、著しく非常識なことである。彼女はベネット家の財産の相続人であるコリンズと年収一万ポンドのダーシーの求婚を拒否している。これも非常識なことである。『マンスフィールド・パーク』において、ファニーはサー・トマス夫妻、エドマンド、メアリーからヘンリーと結婚するよう迫られる。ごく常識的に考えればファニーはそのような要求に応ずるべきなのだが、彼女はあくまで拒否する。エドワードも、愛情のかけらもない、形だけの婚約を守るだけでなく、何らかの積極的な行動ができたはずだ。たとえば、少なくとももう少し早い段階でエリナーに事実を知らせていれば、彼女はあれほど苦しまずにすんだはずである。彼の行動は非難されてしかるべきであろう。エリナーの場合も、エドワードの場合も、過度の分別には、否定的な側面のあることがしめされているのである。

エドワードには趣味がないというマリアンの批判についてはすでに見たが、確かに彼は覇気のない、存在感を欠いた人物である。「彼の望みは家庭的な安楽と私的生活の平穏さ」（一六）であり、ミセス・フェラーズやファニーが彼に期待するような野心は微塵もない。経済的に母親に依存しているにもかかわらず職業につこうとせず、「ぶらぶらしている、不甲斐ない人間」（一〇二）に甘んじている。感情を表にだすことはほとんどなく、彼自身認めているように、「画趣」（the picturesque）（九六）の知識は皆無である。事実、彼は美しい風景をまえにしても、「ぬかるみ」（八八）のことを考えてしまうのである。やっとのことでルーシーがロバートと結婚したことを告げたあとどうしていいか分からず、鋏で鞘を切るさまは、彼の主体性のなさをあらわしている。[14] エリナーも、このときばかりは感情をあらわにするが、エドワードは空想にふけり、一言も言わず部屋を出て、村の方へ歩いていくのである。

マリアンとブランドン大佐の結婚には、しばしば指摘されているように、明らかに無理がある。[15] オースティンは、マリアンの多感の喪失と分別への傾斜をしめそうとしてかなり無理をしているのだ。マリアンにとってブランドン大佐は軽蔑すべき人物でしかないことはすでに指摘した。実際彼女の考えでは彼は「まったくの年老いた独身男」（三四）にすぎない。「彼は私の父親といってもいいぐらいの年で、かりに恋をするだけの元気があったとしても、そういう感情は長生きをしてなくしてしまっているにちがいない」（三七）というマリアンの言葉は、彼女のブランドン大佐への気持ちをはっきりとあらわしている。エリナーも三十五歳と十七歳の結婚には悲観的であり、「二人の年齢、性格、感性」（三三六）を公平に考えれば、彼らが結婚する理由は何もないと確信している。ブランドン大佐自身、マリアンの愛情の根が深いこと、そして「年齢や気質の違い」（三三八）を理由に自分が彼女をひきつけることはないだろうと考えている。マリアンの理想の男性像については、さきに触れた。マリアンがブランドン大佐と結婚する気になるだろうか。第一それは「二度目の恋」（五六）を認めないという彼女の主義、「誰も生涯に一度しか恋ができないというマリアンのお気に入りの原則」（九三）に反することではないのか。

マリアンとブランドン大佐の結婚が読者を納得させせない理由の一つは、マリアンが自発的にブランドン大佐があらわす分別の意義を認め、彼と結婚しようとしたのではないことである。ウィロビーに裏切られ、病気になり、「彼女に対する共謀」(三七八)があったからこそ、彼女はブランドン大佐と結婚することになったのである。彼女に彼と結婚しようという強い意志があったわけではない。彼女がかつてあこがれていたような「抑えがたい情熱」(三七八)に身をゆだねたのでもない。マリアンの結婚について語り手はつぎのように述べている。

マリアン・ダッシュウッドは驚くべき運命に生まれついていた。彼女は持論が間違っていることを発見し、自らの行為によって、お気に入りの処世訓に逆らうよう運命づけられていた。彼女は十七歳にもなってやっと芽生えた愛情を抑え、深い尊敬と強い友情以上の感情をもたずに、別の相手に進んで結婚の承諾をあたえるさだめだった!——その別の相手とは、以前の愛の成り行きに彼女に劣らず苦しんだ経験があり、二年前には彼女が結婚するには年をとりすぎていると考えていた男なのだ——そしてその男はいまでも健康のためにフランネルのチョッキを必要としているのだ。(三七八)

この文章につづいて、語り手は「しかしとにかくそういうことなのだ」(三七八)と述べているが、この表現は語り手自身、この結婚には無理があることを認めていることをしめしている。マリアンには「深い尊敬と強い友情」以上の感情はない。十九歳のマリアンは「新しい義務」を引き受け、「妻、一家の主婦、そして村のパトロン夫人」（三七九）となるのである。[16] 語り手は「マリアンは中途半端に愛することはできなかった。彼女の心は、かつてウィロビーに対してそうであったように、やがてことごとく夫に捧げられた」（三七九）と述べてはいる。しかし、本当にそうだろうか。マリアンのウィロビーに対する気持ちとブランドン大佐に対する気持ちが異なることは誰の目にも明らかだ。マリアンとブランドン大佐の結婚には異性間の愛情はほとんど感じられない。ブランドン大佐にとってマリアンは「褒美」（reward）（三三五、三七八）でしかないのである。二人の結婚は、分別の多感に対する勝利を象徴しているのだが、魅力的とは言えない。

マリアンが多感を捨て、分別を身につけることによってたどり着いた結婚とは以上のようなものであった。この結婚に比べれば、エリナーとエドワードの結婚のほうがまだしも多感の要素を含んでいる。エドワードはモートン嬢との結婚を拒否し、身分も低く、財産も少ないエリナーと結婚した。エリナーは、少なくとも結果的には、「二度目の恋」（五六）を認めないというマリアンの主義を実践したのである。この意味において、分別をあらわすエリナーと多感をあらわすマリアンの立場が逆転していると言えよう。[17]

すでに明らかなように、ブランドン大佐は何とも魅力のない人物である。マドリックは「エドワード・フェラーズが鈍感なら、ブランドン大佐は真空だ」と手厳しい。[18] 肩に少しリューマチの気があり、健康のためにフランネルのチョッキで体を保護しているブランドン大佐は、およそ活動的とは言えない。実際彼は、エリナーやエドワード同様、社会的規範を重視するが、決して積極的に行動することはない。もっとも非難されるべきことは、ウィロビーの悪事を知りながら、彼とマリアンの関係を断つために何もしなかったことである。彼がウィロビーの正体をダッシュウッド姉妹に知らせていれば、彼女たちはあれほど苦しまずに済んだのである。

エリナーのウィロビーへの態度の変化は、オースティンの多感への傾斜を明瞭な形でしめしている。ウィロビーのイライザやマリアンへの行為は許されるべきものではない。彼の手紙――「すべての行いが侮辱であり、書き手が徹底した、常習的な卑劣漢であることをはっきりとしめす手紙」（一八四）――を読んだあと、エリナーは彼女にしては珍しく怒りをあらわにする。しかし作者は彼に延々と弁明をさせている。そして驚くべきことに、エリナーはウィロビーに同情するのである。彼の弁明のあと、彼女は彼を見直したことを請け合い、「彼を許し、哀れみ、幸運を祈り、彼の幸福に関心さえもち、一番幸福につながりそうな行動について親切な助言をくわえた」（三三二）のである。エリナーは、三十分ほど前まで「最低のろくでなし」（三三三）として蔑視していたウィロビーの虜になっていることに気づく。エリナーは「かわいそうなウィロビー」（三三四）が頭から離れず、休息をとることもできない。そして一瞬ウィロビーが男やもめであればと願う。つまり、ここで彼女はマリアンとウィロビーの結婚を願っているのである。エリナーはマリアンになってしまった、あるいは彼女は恋に恋してしまった、と言ってもよい。

エリナーは、しかし、ブランドン大佐のことを思いだし、そのようなことを願った自分を咎め、彼にこそ「マリアンという褒美」（三三五）がふさわしいと考え直す。そして大佐の成功を祈りつつも、ウィロビーのために「心の苦しみ」（三三九）を感じるのである。分別をあらわすエリナーが、一時的ではあるにせよ、ウィロビーに恋をしてしまったのだ[19]。

分別に対立する人物、すなわちルーシー、ロバート、ウィロビーは断罪されることなく、それぞれにそれなりに幸せな結末が用意されているが、このこともオースティンの多感への傾斜をしめしている。エドワードによれば、ロバートはミセス・フェラーズのお気に入りであり、彼は自分の場合よりもずっと早く彼女に許されるだろうとのことである。事実「彼女の本当の好意とひいき」は何か月もしないうちに「ロバートの愚かさとその妻のずるさ」（三七五）にあたえられたのである。作者は決してルーシーの行為を批判してはいない。むしろ評価しているのである。

したがって、この件にかんするルーシーのすべての身の処し方、そしてその最後を飾った繁栄は、自己の利益に絶えず、熱心に注意を払っていれば、たとえその進行が妨害されるように見えても、時間と良心を犠牲にするだけで、幸運のあらゆる利益を手に入れるのに役立つということのきわめて励みとなる実例として挙げられるかもしれない。（三七六）

エリナーは「邪魔者」呼ばわりされ、エドワードはかつてのルーシーとの婚約を心から許されることはなく、「長男の権利」を失う。一方、ルーシーはミセス・フェラーズの「秘蔵っ子」となり、ロバートは「長男の権利」を引き継ぎ、二人は夫人から「すこぶる気前のいい援助」(三七七)を受ける。そしてミセス・フェラーズ、ジョンとファニー、ロバートとルーシーは、仲睦まじく暮らすのである。

ウィロビーはそれなりの罰を受ける。彼はマリアンの結婚を聞き苦悶する。彼はブランドン大佐を羨ましく思い、マリアンのことを残念に思う。しかし彼はいつまでも落ち込んでいたのではない。彼もそれなりに幸せな人生を送ることになるのである。

> 彼は生きながらえて活動し、しばしば楽しい思いもした。彼の妻がいつも不機嫌だったわけでもなく、家庭がつねに居心地が悪かったわけでもない。馬と犬の飼育やあらゆるスポーツに、彼は少なからず家庭の幸福を見出していたのである。(三七九)

ルーシーやロバート同様、ウィロビーにも幸せな結末が用意されている。オースティンは彼らをある程度容認しているのであり、基本的には分別を支持しつつも、多感に傾斜しているのである。

5

エリナーがエドワードと結婚し、マリアンがブランドン大佐と結婚するという『分別と多感』のプロットは、分別の多感に対する優位をしめしている。しかし二組の結婚は、分別をあらわす人物、すなわちエリナー、エドワード、ブランドン大佐の自発的な行為によって達成されたものではない。むしろ分別と対立する人物、すなわちルーシー、ロバート、ウィロビーなどによってもたらされたものに過ぎない。分別をあらわす人物は約束や礼儀作法を守り、義務を果たし、他人への配慮を怠ることがない。確かにこれは美徳ではある。しかし彼らは自己を実現するために決して積極的に行動しない。自分自身を殺してまで、形骸化した約束を守ることは果たして望ましいことなのだろうか。マリアンやウィロビーと比べて、エドワードとブランドン大佐はいかにも精彩を欠いている。彼らはむしろ戯画的にえがかれ、揶揄されているのではないか。ここに作者の作為があるのではないか。オースティンは、過度の多感同様、過度の分別には否定的側面があることをしめしているのである。また、エリナーのウィロビーへの態度の変化、そしてルーシー、ロバート、ウィロビーが断罪されないという結末は、オースティンの多感への傾斜をしめしている。こうして分別が多感に勝利するというこの小説のプロット（筋）には、分別の限界と多感への支持をしめそうとするオースティンのプロット（策略）が潜んでいるのである。

第三章
結婚と社会の新しい姿
――『高慢と偏見』

1

オースティンの小説は、すべて結婚をテーマとしている。結婚が個人と社会との接点であり、彼女にとっては結婚こそが何よりも切実な問題だったからである。そのようなオースティンの小説のなかにあって、『高慢と偏見』はこの結婚というテーマをもっとも直接的に扱った作品であり[1]、この意味においてオースティンの代表作と言えよう。実際、この小説では四組のさまざまな結婚――シャーロット・ルーカスとウィリアム・コリンズ、リディア・ベネットとジョージ・ウィッカム、ジェイン・ベネットとチャールズ・ビングリー、エリザベス・ベネットとフィッツウィリアム・ダーシー――がえがかれているのである。ここではストーリーの順序にしたがって三組の結婚の意義を検討し、つぎにこの小説のメイン・プロットであるエリザベスとダーシーの結婚によって、オースティンが結婚と社会の新しい姿を提示したことを明らかにしたい。

2

『高慢と偏見』の時代設定は十八世紀の終わりから十九世紀の初頭にかけてである。[2] この小説をはじめ、オースティンの小説のおもな登場人物はジェントリーと呼ばれる地主階級に属している。[3] この時代の、この階級の女性にとって、結婚はきわめて重大な問題であった。一つにはガヴァネスと呼ばれる住み込みの女家庭教師以外、彼女たちがつける職業などなかったからである。事実、オースティンの小説に登場する若い娘たちのなかで、結婚相手を探すものはいても、職を探すものなど一人もいない。[4] 結婚しない、あるいはできない場合、ガヴァネスになるか、親戚の世話になることぐらいしか選択肢はなかったのである。[5] しかもベネット家の娘たちの場合、ミセス・ベネットが繰り返し不満をぶちまけているように、限嗣相続（entail）[6] のために彼女たちは親の財産を相続することができないばかりか、ミスター・ベネットが亡くなれば、相続人であるコリンズの気分しだいで、彼女たちは家を追い出されるかもしれないのである。彼女たちにとって、安定した、できれば多くの収入のある結婚相手を見つけることは、個人的な感情の成就ということ以上に、生きるための手段であったことを忘れてはならない。語り手は、「彼女の人生の目的は娘たちを結婚させることである」（五）とミセス・ベネットを揶揄するが、彼女にしてみれば決して笑い事ではない。「独身の女性には貧乏になるという恐ろしい傾向がありますーーこれが結婚を支持する一つのとても強力な理由です」（L 三三二）というオースティンの言葉は、当時の女性がおかれた苦境を端的に物語っているのである。

『高慢と偏見』の冒頭の文章は、この小説のテーマが結婚であることを表明している。

かなりの財産をもった独身の男なら妻を必要としているにちがいない。これは広く認められた真理である。

はじめて近所にきたばかりで、そのような男の気持ちや考えがほとんど分かっていなくても、この真理だけは周囲の家の人々の頭のなかにしっかりと根をおろしているので、この男は自分たちの娘のだれか一人の当然の所有物とみなされてしまうのである。（三）

語り手は「広く認められた真理」という。しかし事態はそれほど単純ではないことが、このあとにつづく、オースティンの名人芸とも言うべきベネット夫妻の会話によって明らかにされる。ミスター・ベネットはビングリーを訪問してほしいというミセス・ベネットをからかうだけで本気で取り合おうとしないし、そもそもかなりの財産をもった独身男性であるダーシーは、少なくともこの時点で妻など必要としていないからである。結局、冒頭の文章はミセス・ベネットに代表される、若い娘をもつジェントリーの親の強い願望にすぎないことが判明する。「財産のない独身の女なら夫を必要としているにちがいない」というのが「広く認められた真理」なのである。[7]言うまでもなく、結婚において主導権をにぎっているのは男性である。さらに「オースティンが作品を書いていたとき（そして一八七〇年まで）、既婚女性は法的に何も所有していなかった。彼女たちの財産（property）はすべて夫のものだった」[8]のである。したがって「当然の所有物」（"the rightful property"）とみなされているのは独身の男ではなく、独身の女なのである。当時の父権社会にたいするオースティンのアイロニーと言えよう。

　冒頭の文章は、しかし、「広く認められた真理」から程遠い、まったくの出鱈目かというと、そうとも言い切れない。たとえば、コリンズが結婚することに決めた理由の一つは「りっぱな家と十分な収入」（七〇）を手に入れたからである。ミセス・ベネットほどではないにしても、ミスター・ベネットも決して娘の結婚に無関心でいるわけではない。彼は妻の希望通り、もっとも早い時期にビングリーを訪問する。そして最後には財産のある独身男性であるビングリーもダーシーも妻を求め、結婚するからである。以上のようにオースティンは結婚という切実なテーマを扱いつつも、対象にのめりこむことなく、それを突き放し、あくまで距離をおいている。このような作者の態度が彼女の作品に独特のユーモアと安定感をあたえているのである。

3

『高慢と偏見』において、最初に結婚するのはコリンズとシャーロットである。コリンズをえがくオースティンの筆致は軽妙である。彼はつぎのように紹介される。「ミスター・コリンズは利口な男ではなかった。そして生まれつきの欠陥が教育や交際によって補われることもほとんどなかった」。彼は「高慢と追従、尊大と卑屈が入り混じった人物」(七〇)である。彼がベネット家との和解を申し出て、ロングボーンを訪問したのには理由がある。他人同然の自分がミスター・ベネットの財産を相続することに、おそらく彼なりに後ろめたさを感じていたのであろう。その埋め合わせをするために、彼はベネット家の娘の一人と結婚することを目論んだのである。彼にしてみれば、うってつけの、寛大に過ぎる計画であり、自分が断られることなど思いもよらぬことであった。

コリンズが最初に選んだ結婚の相手はジェインであった。年齢からいっても、美しさからいっても、当然の選択であった。しかしジェインが婚約しそうだと知らされると、彼は「ミセス・ベネットが暖炉の火をかきまわしているあいだに」（七一）、何の躊躇もなく、当事者の気持ちなどお構いなしに、相手をエリザベスに変えてしまうのである。語り手は「エリザベスは、年齢においても美しさにおいても、ジェインのつぎだったので、当然ジェインのあとを継ぐことになった」（七一）と述べているが、無節操という誹りは免れない。

コリンズがエリザベスに求婚する場面は、この小説の一つのクライマックスである。彼は彼女に自分が結婚する一般的な理由を語る。それは第一に教区において結婚生活の模範をしめすためであり、第二に結婚することで自分の幸福が増すと確信しているからであり、第三に庇護者であるレディ・キャサリン・ド・バーグの「特別なご忠告とお勧め」（一〇五）があったからである。つぎにコリンズは自分の近所の娘ではなく、ベネット家の娘と結婚しようとした理由を語る。それは、すでに触れたように、ミスター・ベネットの財産を相続することの埋め合わせのためであり、五人の娘たちの損失をできるだけ少なくするためなのである。彼はもっとも生き生きとしたことばでエリザベスに「激しい愛情」（一〇六）を保障するのだが、実体をともなわないことは誰の目にも明らかであろう。つづけて彼はエリザベスの財産には無関心であることを強調する。

「財産にはまったく関心がありませんし、お父さまにその種の要求をすることもありません。要求してもお父さまには応じられないことがよく分かっていますから。あなたが受け取る遺産といえば、お母さまがお亡くなりになってからあなたのものとなる、年利四分の公債が千ポンドだけであることも分かっていますから。ですから、財産についてはこれからも何も申し上げないつもりです。結婚しても、けちな非難をもらすようなことはないとお約束いたします」。(一〇六)

この言葉は、皮肉にも、結婚において財産がいかに大きなウェイトを占めているかをしめしていると言えよう。

エリザベスが繰り返し、どんなに真剣にことわっても、コリンズは焦らされていると考えるだけである。彼にしてみれば断られる理由がないのである。

「ぼくの結婚の申し込みがあなたにとって受けるのに値しないとも思えませんし、ぼくの提供できる生活がきわめて望ましいものだと思えるからです。ぼくの地位、ド・バーグ家との関係、ベネット家との親戚関係はぼくにとってとても有利な状況です。それに、あなたにさらに考えていただきたいことがあります。あなたには多くの魅力がありますが、もう一度結婚の申し込みがあるかどうか分からないのです。残念ながらあなたの財産の分け前はごく

わずかなので、多分あなたの美しさや愛らしい性質も台無しになるでしょう」。(一〇八)

コリンズの求婚の言葉は、彼にとって、そして当時の人々にとって結婚がほとんど経済的、社会的なものでしかないこと、そしてエリザベスがおかれた状況を端的にしめしているのである。

コリンズはエリザベスに振られるが、その二日後には彼女の親友であるシャーロットと婚約する。彼が結婚する気になったのは、レディ・キャサリンに牧師には妻が必要だと言われたからであり、ベネット家の娘にこだわったのは限嗣相続の埋め合わせをしようと彼なりに考えたからである。レディ・キャサリンが忠告したように、「活動的で、役に立つ人、生まれなどよくなくとも、わずかな収入でやりくりできる人」(一〇六)であればだれでもよかったのであろう。コリンズがシャーロットと婚約したのは、彼女がこの条件に合致したことに加えて、彼女がエリザベスに振られた自分を親切にしてくれたからでもあろう。もしかするとエリザベスの親友と結婚することで、エリザベスやベネット家に対するあてつけになると考えたのかもしれない。事実ミセス・ベネットは「シャーロット・ルーカスがこの家の女主人になり、このわたしがあの女に追い出されて、あの女がわたしの後釜にすわるのを見なければならないと思うととてもつらいのです」(一三〇)と怒りをあらわにしているのである。

コリンズが三日のうちに二人の女性に求婚したのは驚くべきことだが、さらに驚くべきことは、シャーロットがこのようなコリンズの求婚を受けたことである。男女間の駆け引きや結婚にかんして、シャーロットはエリザベスよりはるかにしたたかである。エリザベスはシャーロットにジェインとビングリーが恋に落ちそうだが、ジェインの控えめな態度のために、そのことが世間に知られそうもないと告げる。それに対してシャーロットはつぎのように答える。

「女性が自分の愛情を、世間を欺くのと同じように相手の男性から隠せば、相手の心を自分のものにする機会を失うかもしれないわ。（略）だれだって自由にはじめることはできる——ちょっとした好意をもつのはごく自然なことだわ。でも励ましなしに本当に恋に落ちるほどの熱意をもっている人なんてほとんどいないわ。ほとんどの場合、女性は自分が感じている以上の愛情をしめしたほうがいいのよ。ビングリーは確かにお姉さまが好きなようね。でもお姉さまが手を貸さなかったなら、ただ好きなだけで終わってしまうかもしれないわ」。

（二一―二二）

シャーロットは女性が男性に対して積極的に働きかけるべきだと主張するだけではない。彼女は実際にこの考えをコリンズに対して実践し、まんまと成功をおさめるのである。のちにエリザベスは、ジェインにビングリーに対する真剣な愛情が感じられなかったから二人を別れさせことをダーシーから知らされる。少なくともジェインとビングリーにかんするかぎり、シャーロットの意見は正しかったのである。

「結婚して幸せになれるかどうかは、まったく偶然のことである」。「一生をともに過ごす人の欠点なんかできるだけ知らないほうがいいのよ」。(二三) シャーロットはこのように語るが、彼女が本気でこう信じているわけではない。コリンズがエリザベスに求婚し、エリザベスがそれを断ったことは、シャーロットにとって「偶然」であったかもしれない。しかし彼女がコリンズと結婚したのは決して「偶然」ではない。彼女が彼の欠点を知らなかったわけでもない。自らの立場を冷静に熟慮したうえでのことなのである。

財産も少なく、とくに美人でもなく、二十七歳にもなるシャーロットは、何としても結婚しなければならなかった。彼女がコリンズの求婚を受けたのは、「世帯をもちたいという純粋で、私心のない望み」(一二二) からであって、コリンズに対する愛情があったからではない。彼女が結婚すれば、妹たちは一、二年早く社交界にでることができるし、弟たちは彼女が老嬢のまま死ぬのではないかという不安から解放されるのだ。彼女は自分の結婚をきわめて冷静に考えている。

ミスター・コリンズは確かに賢くもないし、感じのいい男でもない。一緒にいれば退屈だし、自分に対する愛情も想像上のものにちがいない。しかしそれでも彼は自分の夫になるのだ。

相手の男とか結婚生活を重視せずに、とにかく結婚することがつねに彼女の目的であった。高い教育は受けたが、財産の少ない若い女性にとって、結婚が唯一の恥ずかしくない生活のための備えであり、幸福になれる見込みがどれほど不確かでも、困窮からもっとも快適に守ってくれるものにちがいなかった。彼女はいまそれを手に入れたのだ。二十七歳になり、美しくもなかった彼女は、その幸運をかみしめていた。（一二二－三）

この文章はシャーロットに代表される当時の女性の苦境をよくあらわしている。[9] 当時の読者にとって、彼女の結婚を受け入れることは今日の読者ほど困難ではなかったはずだ。

エリザベスに指摘されるまでもなく「ミスター・コリンズがうぬぼれ屋で、尊大で、心が狭く、馬鹿な男」（一三五）であることはシャーロットも承知している。しかし彼は牧師という安定した地位にある。しかも彼はベネット家の財産の限嗣相続人なのである。彼と結婚することは、ミセス・ベネットが悔しがっていたように、彼女がロングボーンの女主人になることを意味している。彼は彼女が結婚に求める「快適な家庭」（一二五）と経済的安定を保証してくれる人物、つまり彼女にとっての幸福を保証してくれる人物なのである。シャーロットは財産の少ない独身の女である。コリンズといえども「かなりの財産をもった独身の男」であることに変わりはない。シャーロットにとって結婚が「唯一の恥ずかしくない生活のための備え」であり、「困窮からもっとも快適に守ってくれるもの」であることを考えるとき、シャーロットがコリンズと結婚したのは、妥当かつ賢明な選択と言えよう。

エリザベスはシャーロットが婚約したことに失望する。シャーロットより若くて美しく、経験も少ないエリザベスには「シャーロットに加えられる強いプレッシャー」を充分に理解できない。彼女に言わせれば、シャーロットは「世俗的な利益」のために「本心」（一二五）を犠牲にしてしまったのだ。愛情もなく、尊敬もできない男と結婚することなど、エリザベスには考えられないことである。エリザベスはシャーロットが幸せになれるはずがないと確信し、二人のあいだに本当の信頼関係はなくなったと考える。このようなエリザベスの反応は「愛情なしに結婚することほど望ましくなく、耐え難いものはありません」（L二八〇）というオースティンの言葉を想起させる。

ハンズフォードにあるコリンズ夫妻宅を訪問したエリザベスは、二人の結婚生活を垣間見る。コリンズの態度が結婚によって変わるようなことはまったくなかった。彼はこれ見よがしに釣合のとれた部屋や家具をエリザベスにむかって自慢するのだが、彼女は彼の求婚を断ったことを後悔する気にはなれない。それどころか「エリザベスはこんな男と一緒にいて楽しそうな様子をしているのを不思議に思いながら友人を見た」（一五六）のである。コリンズが恥ずかしくなりそうなことを言ったとき、シャーロットは一、二度顔を赤らめることがあったが、大抵は賢明にも聞かないようにしていた。そして彼女は夫の不在を何よりも楽しんでいるのである。
ミスター・コリンズのことを忘れられるようになると、あたりには本当にくつろいだ雰囲気がただよった。シャーロットが見るからにそのことを楽しんでいるので、彼はしばしば忘れられているにちがいないとエリザベスは考えた。(一五七)

コリンズ夫妻の結婚生活は容易に想像されよう。シャーロットは、しかし、このような生活を覚悟していたのであり、それに対して現実的な対応をしていることを忘れてはならない。

作者は、概して、シャーロットに同情的であり、コリンズと結婚したことで彼女を批判することはない。エリザベスも考え方を修正している。「わたしの友人はすばらしい理解力の持ち主です。ミスター・コリンズと結婚したことがもっとも賢明なことだったかどうか、自信がもてませんけれども。でも彼女はまったく幸せそうです。それに万全を期すという点から言えば、確かに彼女にとって良縁ですわ」。(一七八)エリザベスがダーシーに語ったこの言葉は、彼女が少なくともある程度はシャーロットの結婚を認めていることをしめしているのである。

コリンズのエリザベスへの求婚、そしてそれにつづくシャーロットとコリンズの結婚は、当時の社会において結婚がいかなるものであったかをしめしている。コリンズは便宜上結婚するだけのことであり、シャーロットは生活のために結婚するだけのことである。二人にとって結婚はほぼ完全に愛情の問題ではない。信頼関係にもとづく個人と個人の結びつきでもない。この結婚についてある批評家はこう述べている。「二十一世紀の基準からすれば、このような結婚は冷淡で、欲得ずくのものに思えるかもしれない。しかし十八世紀のイングランドにおいては、このような結婚は愛情にもとづく結婚よりもありふれたものであり、(一般により普通に是認されていた)[11]」。シャーロットとコリンズの結婚はかなりの程度当時の結婚の実情を反映していると言えよう。つまり結婚は個人的、精神的な結びつきであるよりもむしろ社会的、経済的な結びつきなのである。このような状況のなかで、エリザベスが、そしてオースティンが、愛情や個人的信頼関係にもとづく結婚を主張したことに注目すべきであろう。エリザベスはこのような主張をダーシーとの結婚によって実践している。こうしてシャーロットとコリンズの結婚は当時の女性がおかれた状況や結婚の実態を明らかにするとともに、この小説のメイン・プロットであるエリザベスとダーシーの結婚を際立たせているのである。

ウィッカムとリディアの駆け落ちとそれにつづく結婚は、「情欲が貞操よりも強かったという理由だけで結ばれた夫婦」（三一二）の末路をしめしている。この結婚には、しかし、偶発的な要因が多く、唐突という感じは否めない。この駆け落ちと結婚は、あとで触れるように、作者がこの作品を終わらせるために導入したものであり、むしろプロットのうえで重要な役割をはたしていることに注目すべきであろう。[12]

4

ウィッカムは表面的には好ましい人物であり、女性たちの注目を一身に集める。しかし彼は実際には金銭的にも、女性関係においても、あらゆる点において不誠実そのものである。彼はダーシーへの腹いせと財産を得るために、ダーシーの妹であるジョージアナを誘惑しようとする。エリザベスがダーシーを嫌悪していることを知ると、彼を中傷し、彼女に気のある素振りを見せる。しかしメアリー・キングが一万ポンドを相続したことを知ると、平気でエリザベスからキングに乗り換えるといった具合である。彼がリディアと駆け落ちをしたのも、単に借金の支払いを逃れるためであり、彼女と結婚する気など毛頭ないのである。彼が結婚したのは、ダーシーが彼の借金、リディアの持参金、将校の地位を買うための金を支払うことを申し出たからにほかならない。要するに彼は「すぐに救ってもらえるという誘惑」（三二三）に勝てなかっただけのことなのである。

一方のリディアは、「丈夫な、発育のいい十五歳になる娘」(四五)である。彼女は軽薄そのものなのであり、若かかりし頃のミセス・ベネットを彷彿とさせる。彼女の頭のなかにあるのは、ダンスと士官のことだけであり、彼女にはマナーやモラルのかけらもない。実際、彼女は士官を追ってブライトンへ行き、ウィッカムと駆け落ちをするのである。

ウィッカムとリディアの駆け落ちは、今日考えられている以上にモラルの反する行為である。[13] しかし彼らは、自分たちの行動を決して反省しない。ウィッカムは彼の過去や結婚のいきさつを知るエリザベスのまえに平然とあらわれ、リディアは姉たちよりも早く結婚できたことを自慢する。オースティンの小説において、このような倫理に反する行為を行なったものは罰せられる。まず二人は北部、多分ニューカッスルに追放される。二人が経済的に困窮することは言うまでもない。リディアはエリザベスに職の斡旋と経済的援助を求める。彼女は「小遣いを節約して提供できる程度の金」(三八七)はしばしば送ったが、それ以外の援助はしない。二人は苦しい生活を強いられることになる。

二人ともむやみにものを欲しがり、将来のことを考えないので、彼らの収入では生活していくのに不十分であることはエリザベスにも明らかであった。駐屯地が変わるたびに、ジェインか彼女かのどちらかが勘定を払うために援助を求められるのであった。平和が回復して除隊になり、家にもどるようになっても、二人の暮らしぶりはひどく不安定であった。彼らは安い家を求めてつねに転々とし、いつも収入以上の生活をしていた。ウィッカムのリディアに対する愛情はすぐに冷めて無関心にかわった。彼女の愛情はもう少し長くつづいた。リディアは若く、品行はなっていなかったが、結婚したために要求されることになった評判を傷つけるようなことはしなかった。(三八七)

ウィッカムとリディアを結婚させることによって、オースティンは二人に社会的な拘束を課したとも言える。彼女は『高慢と偏見』について「あの作品はどちらかというと軽やかで、まばゆく、輝きすぎています。陰影が不足しているのです」(L 二〇三)と述べているが、そのような作品においてさえ、彼女は倫理的である。『マンスフィールド・パーク』のクロフォード兄妹やミセス・ノリスほど過酷ではないにしても、[14] ウィッカム夫妻も罰せられるのである。

5

ジェインとビングリーは、それぞれエリザベスとダーシーと対照的な人物としてえがかれている。また、前者の関係は後者の関係と対照的にえがかれている。このような対照的な姉妹とそれぞれの結婚を平行してえがくという方法は、『分別と多感』でも用いられていた。しかしながら、マリアンとウィロビーが、善くも悪しくも個性的で、二人の関係が作品のなかで大きな比重を占めているのに対して、ジェインとビングリーは存在感が薄く、二人の関係そのものが重要な役割を果たすことはない。彼らの役割は、エリザベスとダーシー、そして二人の結婚を際立たせることにあると言えよう。

エリザベスがさまざまな人物や出来事に批判的であるのに対して、ジェインが何かを疑ぐったり、批判することはない。たとえば、エリザベスはビングリー姉妹に批判的であるが、ジェインは彼女たちに対して好意的である。ジェインは愛想がよく従順で、感情を表にあらわすこともない。忍耐強く、つねに控えめな態度をとる。このようなジェインの特徴は、エリザベスのつぎの発言に要約されている。

「あら！　あなたは誰だって好きになりすぎるのよ。人の欠点を決して見ないのですもの。

あなたの目から見れば、世間の人はみんな善良で好感がもてるのだわ。あなたが人の悪口を言うのを一度だって聞いたことがないわ」。（一四）

ジェインは当時の理想的な女性像をあらわしたものと言えよう。[15] しかしながら、ジェインの特徴も、場合によっては、欠点となることを忘れてはならない。彼女の善意も、度をすぎれば、現実に対して無批判であることを意味している。彼女の控えめな態度も、受動的で、主体性を欠くことになる。事実ダーシーが彼女とビングリーを別れさせた理由の一つは、彼女がビングリーに対する愛情を積極的にしめさなかったことにある。オースティンは、ジェインのような女性に対して、どちらかといえば批判的である。作者は、ジェインを通して、当時の理想的な女性像を批判しているのであろう。

ビングリーは、高慢なダーシーとは対照的に、終始好ましい人物としてえがかれている。「ビングリーはどこに行っても必ず好かれたが、ダーシーはいつも人を怒らせていた」（一六）のである。メリトンの舞踏会に登場する際の彼の描写――「ミスター・ビングリーは好男子で紳士らしく、感じのいい表情で、くつろいだ、気取らない態度だった」（一〇）――は、彼の特徴を的確に伝えている。ビングリーは、しかし、ジェイン同様、主体性を欠いた人物である。このことは彼のジェインとの関係に象徴的にあらわれている。ジェインとビングリーを別れさせた理由をエリザベスに説明する手紙のなかで、ダーシーは「しかしビングリーは生まれつきとても謙虚で、自分の判断よりもわたしの判断を頼りにしていました」（一九九）と述べている。ジェインとビングリーが婚約したあと、エリザベスはダーシーがビングリーに求婚する「許可」を事実上あたえたことを指摘し、「ダーシーがビングリーを易々と動かすさま」（三七一）に微笑する。彼はビングリーについてこう語る。

「ビングリーは実に謙虚な男です。これほど不安な問題になると、彼は自信のなさのために、自分の判断に頼れずにいたのですが、ぼくの判断を信頼していたのですべてうまくいったのです」。（三七一）

要するにビングリーはジェインと別れるときも、彼女に求婚するときもダーシーの忠告にしたがうだけなのである。エリザベスは、「ミスター・ビングリーはとても楽しいお友達ですね。簡単に思い通りになるのですから、彼の価値は計り知れませんね」（三七一）と言いかけて思いとどまるのだが、彼女のこのような思いに、ビングリーに対するオースティンの批判を読み取ることができよう。

ジェインとビングリーの関係は、エリザベスとダーシーの関係と対照的である。エリザベスとダーシーは反発から出発し、自己変革を経て結婚に至った。それに対して、ジェインとビングリーは最初から相思相愛であり、相手に対する考え方や愛情が基本的に変わることはない。彼らが結婚するために自発的に行動することもない。せいぜいジェインがビングリーに会えることを期待して、ロンドンに滞在するくらいのことである。彼らは「一組のおとぎ話のなかの恋人たち[16]」であり、彼らの結婚はほとんど成り行きでもたらされたものに過ぎない。エリザベスやダーシーとは異なり、彼らに個性と呼べるようなものはなく、彼らは似通った性格をしている。ジェインの結婚を祝福するミスター・ベネットの言葉は、彼らの結婚の特徴を物語っている。

「おまえはいい子だ。こんなに幸せな結婚ができるかと思うと、とてもうれしいよ。おまえたちはうまくやってゆくに違いない。気性もよく似ている。どちらも、人に逆らわないたちだから、何一つ決まることはあるまい。人がいいから、召使にだまされるだろう。たいそう気前がいいので、いつも支出が収入を上回るだろう」。(三四八)

ジェインとビングリーには、リィディアとウィッカム、シャーロットとコリンズよりも幸せな結婚が約束されているのである。

ところでダーシーがジェインとビングリーの結婚に反対した理由は二つある。おもな理由は、さきに見たように、ジェインにビングリーに対する真剣な愛情が認められなかったことである。このことは、作者が結婚において何よりも愛情を重視していることをしめしている。もう一つの理由は階級差という問題である。ビングリーは年収四、五千ポンドで約十万ポンドの財産をもっている。ミスター・ベネットの年収は二千ポンドであり、言うまでもなく、ジェインに財産らしい財産はない。ダーシーやビングリー姉妹はビングリーがジェインと結婚することによって、彼の階級が下がることを避けようとしたのである。この階級差という問題は、エリザベスとダーシーの場合には、ジェインとビングリーの場合以上に大きな障害となる。ジェインとビングリーの結婚は、結婚における愛情の重要性と階級差という障害をしめし、この小説のメイン・プロットであるエリザベスとダーシーの結婚を際立たせているのである。

6

『高慢と偏見』というタイトルは、『分別と多感』というタイトルを想起させる。[17] 分別とエリナー、多感とマリアンを単純に同一視できないように、[18] 高慢とダーシー、偏見とエリザベスを同一視することはできない。オースティンの小説のヒーローやヒロインはそれほど単純ではない。

言うまでもなく、高慢と偏見は対立するものではなく一体となったものであり、ダーシーもエリザベスもそれぞれが高慢と偏見を持ち合わせている。このことは、「ミスター・ダーシーがわたしの高慢を傷つけなかったとすれば、すぐにでもあの方の高慢を許すことができます」（二〇）というエリザベスの言葉、あるいは「重大な決定をすることを長いあいだ妨げていたためらいを正直に告白することによって、あなたの高慢を傷つけなければ、このような罪も大目に見られていたかもしれません」（一九二）というダーシーの言葉からも伺われよう。さらに、コリンズやレディ・キャサリンなどダーシーとエリザベス以外の登場人物もそれぞれが高慢と偏見をもちあわせている。しかしながら、エリザベスとダーシーの結婚こそがこの作品のメイン・プロットであり、ダーシーの地位と財産にもとづく高慢とエリザベスの第一印象から生じた偏見が二人の結婚のおもな障害である。このような観点にたてば、一般に考えられているように、『高慢と偏見』というタイトルは、基本的にはダーシーの高慢とエリザベスの偏見を意味していると考えるのが自然であろう。

エリザベスとダーシーが初めて出会うのは、メリトンで催された舞踏会においてである。ここでいま指摘したダーシーの高慢とエリザベスの偏見が提示される。舞踏会にあらわれた当初のダーシーの評判はすこぶるよかった。「見事な、背の高い容姿、美しい顔立ち、気品のある態度」（一〇）、そして年収一万ポンドという噂によって、彼は部屋中の人の注目を集めた。しかし彼が高慢であることが判明する。彼はビングリー姉妹とだけダンスをし、ほかの女性に紹介されることをことわり、部屋のなかを歩き回り、仲間とだけ話をするのであった。そして彼は「世界でもっとも高慢で、不愉快な男」（一一）という烙印を押されることになる。ビングリーにエリザベスとダンスすることを勧められたダーシーは、彼女のほうに視線を向け、冷淡につぎのように語る。

「我慢はできるけれど、誘惑されるほどの美人じゃないね。それにほかの男に無視されているような若い娘に箔をつけてやるような気分じゃないのだ」。（一二）

ダーシーの高慢な態度、「世界でもっとも高慢で、不愉快な男」だという評判、そしてたまたまエリザベス自身が耳にしたこの言葉によって、ダーシーは高慢な男だという偏見をエリザベスはもつようになる。そして彼女はウィッカムのダーシーに対する中傷を無批判に受け入れてしまうのである。

ダーシーはエリザベスを軽視していたが、彼女の外見的な魅力――「黒い目の美しい表情」、軽やかで、感じのいい「容姿」、上流社会のものではないが「自然で陽気な振る舞い」（二三）――に惹かれるようになる。さらにダーシーは、彼自身意識していないかもしれないが、階級制度や礼儀作法に挑戦するようなエリザベスの言動に魅力を感じるようになる。サー・ウィリアム邸でのパーティで、エリザベスは大胆にも年収一万ポンドのダーシーのダンスの申し出をきっぱりと拒否するのである。それに対して彼は怒るどころかある種の満足感をもって彼女のことを考える。そして彼はミス・ビングリーに自分がエリザベスに関心をもっていることを宣言するのである。

エリザベスの型破りな行動の最たるものは、病気のジェインを見舞うため、早朝、一人で、三マイルものぬかるんだ道を歩いてネザーフィールドを訪問したことであろう。メアリーは「すべての感情の衝動は理性で導かれなければならない。わたしの考えでは、努力はつねに必要に応じたものであるべきだ」（三二）と語り、エリザベスのネザーフィールド訪問が非常識であることを指摘している。しかしエリザベスは決心を変えようとはしない。ビングリー姉妹にとって、エリザベスの行動は信じられないことであり、彼女たちはエリザベスを軽蔑する。ミス・ビングリーに言わせれば、彼女のマナーは「高慢と無礼が混ざり合ったもの」（三五）であり、「忌まわしい、思い上がった独立心、礼儀にたいする田舎町の無関心」（三六）をあらわしているのである。エリザベスは強い意志と行動力をしめしたのだが、肝心のダーシーはそれらをどう評価すべきか戸惑っている。彼は運動で輝いた彼女の顔に見とれる一方で、この場合一人で、こんなに遠くまで歩いてくることが妥当なのかどうか疑問に思うのである。ビングリーはエリザベスを弁護するが、彼女の行為が非常識であり、マナーに反することは否定できない。エリザベスは、しかし、常識や作法よりも「感情の衝動」を優先させているのであり、オースティンはそのようなエリザベスの姿勢に積極的な評価をあたえているのである。

エリザベスは教養（accomplishments）についての支配的な考え方にもはっきりと異議を唱えている。ミス・ビングリーとダーシーは、教養には多くのものが含まれるべきだと主張する。ダーシーによれば、教養ある女性は音楽、絵画、ダンス、現代語、人とはちがった歩き方や話し方などに加えて、広範な読書によって精神を鍛えていなければならない。エリザベスは「わたしはそんな女性を見たことがありません。わたしはあなたがおっしゃるような能力、趣味、勤勉、上品さをかねそなえた女性を見たことがありません」（四〇）と言って、ダーシーの主張を真っ向から否定する。これもダーシーにとっては新鮮な経験だったにちがいない。ビングリー姉妹は「エリザベスがほのめかした疑念の不当性」（四〇）に抗議しようとするが、ダーシーは彼らに同調しないのである。

エリザベスはコリンズの執拗な求婚を拒否する。このことを知ったミセス・ベネットはヒステリカルに怒りまくるが、それも無理はない。コリンズがどのような人物であるにせよ、彼はベネット家の財産の限嗣相続人であり、彼と結婚することは、彼女がロングボーンの女主人になることを意味しているからだ。エリザベスは、いかに高慢な男であるにせよ、年収一万ポンドの大地主であるダーシーの求婚も拒否する。彼女は、あろうことか、二度までも「かなりの財産をもった独身の男」（三）の求婚を拒否するのだ。当時の女性のおかれた立場や彼女自身ベネット家の財産を相続できないことを考えれば、無謀ともいえる決断である。エリザベスは当時の結婚にかんする社会通念に反逆しているとさえ言えよう。言うまでもなくエリザベスは金を軽視しているのではない。しかし金さえあればいいというものでもない。結婚はしなければならない。しかし、シャーロットのように、結婚さえできればいいというものでもない。これがエリザベスの、そして作者の立場なのだ。

ダーシーがエリザベスに求婚したとき、ダーシーの高慢とエリザベスの偏見がぶつかりあう。エリザベスがダーシーの求婚を拒否した理由の一つは「彼の高慢さ、彼の鼻持ちならない高慢さ」（一九三）である。彼はエリザベスに対する愛情よりも、自らの高慢さ、言い換えれば、自らの社会的優越性についてより多くを語ったのである。最初はそれほどでもなかったのだが、次第にエリザベスはダーシーに激しい怒りを覚えるようになる。しかも彼は、エリザベスが見抜いたように、求婚が拒否されることなど考えてもいないのである。この点では、ダーシーもコリンズと同じことである。彼に言わせれば、「重大な決定をすることを長いあいだ妨げていたためらい」を正直に告白したために「エリザベスの高慢さ」（一九二）を傷つけてしまったのである。

エリザベスはダーシーの求婚を受け入れられない理由として、さらに二つのことを告げる。その一つは、彼がジェインとビングリーの仲を引き裂き、「心から愛する姉の幸せ」（一九〇）をおそらく永久に台無しにしたことである。他の一つは彼がウィッカムに不当な扱いをし、彼を「現在の貧乏、比較的貧乏な状態」（一九二）に追いやったということである。エリザベスは「あなたがもっと紳士的に求婚されていれば」（一九二）、断るにしても心が痛んだでしょう、と語る。のちにダーシーは「あの言葉がどんなに私を苦しめたか、ご存知ないでしょう、ほとんど想像もできないでしょう」（三六七）と振り返っているが、エリザベスのこの言葉はダーシーにとって何よりもショッキングな言葉であった。この言葉がダーシーの高慢を打ち砕いたともいえる。紳士であるためには財産や社会的地位だけでは不十分であり、紳士にふさわしい行為や倫理観が必要なことを指摘されたのだ。[19] これを契機としてダーシーは自らの高慢を改めることになるのである。

ダーシーはエリザベスへの求婚をつぎのような言葉で始めている。「努力しましたが、むだでした。もうだめです。自分の気持ちを抑えることができません。どんなに激しくあなたを慕い、愛しているかを言わせてください」。（一八九）ダーシーは、思わず知らずこの告白をしてしまったのであろう。そして彼は「どんなに努力しても抑えることのできないことが分かった強い愛情」（一八九）にエリザベスが報いてくれることを訴えて、求婚を終えるのである。ここで重要なことは、彼の感情がエリザベスを愛すべきではないし、まして結婚などすべきではないという彼の理性、あるいはダーシー家当主としての義務よりも優位をしめていることである。シャーロット・ブロンテはオースティンには情熱がないと言って批判したが、[20]ダーシーのこの告白はオースティンにも情熱があることをしめしている。

ダーシーは、しかし、さきに見たように、エリザベスへの愛情よりも自らの高慢について多くを語る。つまり彼は「彼女の身分が低いという気持ち」「結婚することで自分の格が下がるという気持ち」「エリザベスの家族に問題があるという気持ち」そして「結婚することで傷つけている自らの身分」（一八九）などについて熱心に語るのである。彼にしてみれば、エリザベスに多くの不利な点があるにもかかわらず、求婚しているということが言いたかったのかもしれない。もちろん、そんなことでエリザベスが気をよくするはずがない。エリザベスに求婚を断られると、彼はこう語る。「あなたの親戚の社会的地位の低さをぼくが喜ぶと思いますか？　自分よりもはっきりと身分の低い人たちと親戚になることを喜ぶと思いますか？」（一九二）ダーシーのこのような高慢さ、階級意識こそが、ダーシーとエリザベスの結婚における最大の障害なのである。

ダーシーは、家柄においても収入においても、この小説のほかの人物を凌いでいる。ダーシーがエリザベスにたいして優越感をもつのは当然のことである。シャーロットに言わせれば、「彼には高慢になる権利がある」（二一〇）のである。レディ・キャサリンが言うように、ダーシーの母は貴族の出身である。彼の年収は一万ポンドであり、このことは彼の収入が貴族のそれに匹敵することを意味している[21]。事実、エリザベスとダーシーの婚約を知ったミセス・ベネットは「年収一万ポンド、いや、それ以上かもしれない！　まるで貴族さまよ！」（三七八）と叫んでいるのである。ビングリーは十万ポンドの遺産を相続しているが、年収は四、五千ポンドにすぎない。しかも彼の財産は商売によって得られたのである。ミスター・ベネットの年収はわずか二千ポンドであり、その財産はコリンズに限嗣相続される。ミセス・ベネットの義理の弟であるフィリップスはメリトンの弁護士であり、彼女の弟のガーディナーはロンドンのチープサイドの商人である。ビングリー姉妹やダーシーの階級意識はつぎに引用する会話からも明らかであろう。


「わたし［ミセス・ハースト］はね、ジェイン・ベネットのことをとても高く買っていますの。本当にかわいい娘さんだわ。いいところにかたづくことを心から願っているの。でもあんなお父さまとお母さま、それにあんなに身分の低い親戚がいては無理だと思うの」。

「おじさんがメリトンで弁護士をしていると言っていたわね」。

「そうよ。もう一人おじさんがいて、チープサイドの近くに住んでいるの」。

「それはすてきだわ」と妹が付け加え、二人とも大笑いした。

「チープサイドを埋め尽くすほどのおじさんがいたとしても」とビングリーが叫んだ、「あの人たちの良さは少しも減りはしないよ」。

「しかし相当地位のある人と結婚する機会はかなり減るに違いないよ」とダーシーが答えた。(三六‐七)

エリザベスはレディ・キャサリンに「彼は紳士です。わたしは紳士の娘です。その限りではわたしたちは同じです」(三五六)と強がりを言う。[22] しかしダーシーとエリザベスのあいだには、ビングリーとジェインの場合よりもはるかに大きな階級差が歴然として存在するのであり、ダーシーがエリザベスと結婚することは、ビングリーがジェインと結婚する場合以上に、階級を下げることになるのである。「しかし相当地位のある人と結婚する機会はかなり減るに違いないよ」とダーシーは言う。「相当地位のある人」とはおそらく自分自身のことであり、この発言によって彼はエリザベスに惹かれる気持ちを抑えようとしたのであろう。ダーシーがエリザベスとの結婚をためらったのも当然のことなのである。

エリザベスに求婚を拒否されたダーシーは、手紙を書いてエリザベスの二つの批判に対して反論する。まず彼はジェインとビングリーの仲を裂いた理由について説明する。それはジェインがビングリーに真剣な愛情を抱いていないと確信したためであり、また、ミセス・ベネット、エリザベスの三人の妹、ミスター・ベネットに見られる「礼儀作法の完全な欠如」(一九八)のためなのであった。ウィッカムを不当に扱ったという批判にかんしては、「彼とわたしの家族との関係の全貌」（一九九）をしめすことによって反論する。ダーシーはウィッカムの「不道徳な傾向、節操の欠如」（二〇〇）を具体的に説明する。そして彼が財産と復讐のために、妹のジョージアナと駆け落ちしようとしたことを明らかにするのである。

最初エリザベスはダーシーの反論を信用できなかったが、何度も読み返すうちに、すべてのことについて、その正当性を認めざるをえなくなる。彼女は自らの偏見のために人物や物事の実体が見えなくなっていたことを思い知らされるのである。

彼女はただただ自分が恥ずかしくなってきた。ダーシーのことを考えても、ウィッカムのことを考えても、自分が盲目で、不公平で、偏見があり、理不尽であったことを感じないではいられなかった。

「なんて見下げはてた行いをしてきたのだろう！」と彼女は叫んだ。「自分の見識を誇っていたわたしが！　自分の能力を鼻にかけていたわたしが！　姉の寛大な公正さをしばしば軽蔑し、いたずらに人を疑っては虚栄心を満足させていたわたしが！　この発見はなんて屈辱的なのだろう！　でもなんて当然の屈辱なのだろう。恋をしていたとしても、これほど盲目になることはなかっただろう。でもわたしが馬鹿なことをしたのは、恋ではなくて、虚栄心のせいなのだわ。知り合ったそもそものはじめから、ウィッカムに好かれてうれしくなり、ダーシーに無視をされて腹をたて、二人が関係したことでは、先入観と無知を求めて理性を追いだしていたのだわ。いまのいままで、わたしは自分のことが分かっていなかったのだ」。

（二〇八）

ダーシーの手紙によって、エリザベスは自らの偏見を克服する。彼の求婚を拒否した三つの理由のうち、二つまでが解消されたのであり、彼女はすでにダーシーの本当の姿を理解し始めているのである。この時点で、彼女自身気づいていないかもしれないが、彼女には彼を受け入れる準備が事実上できているのだ。だからこそ彼女はペンバリーを訪れたとき、「ペンバリーの女主人になるのも悪くはない」（二四五）と考えたのである。一方ダーシーはエリザベスが求婚を拒否した理由の一つである自らの高慢については、手紙で何も述べていない。しかし彼はそのことに無関心でいるのではない。彼もこれまでの自分を反省し、高慢を克服しようとしているのである。そしてその生まれ変わった姿をペンバリーで披露することになるのである。

ガーディナー夫妻とともに訪れたペンバリーで、エリザベスはダーシーに対する認識を新たにし、彼に対してはっきりとした愛情を抱き始める。このことは、のちにジェインが「いつからあの人を愛していたのか？」と尋ねたのに対して「少しずつ好きになったので、いつからか分からないけれど、ペンバリーの美しい荘園を初めて見たときからだと思うの」（三七三）と答えているることからも明らかであろう。初めてペンバリーの庭園や邸宅を目の当たりにするエリザベスの様子を伝える文章は妙に感動的である。

エリザベスは喜んだ。彼女は自然がこれほど生かされている場所、あるいは自然の美しさがへたな趣味によって損なわれていない場所を見たことがなかった。三人とも熱心にほめたてた。そしてその瞬間、ペンバリーの女主人になるのも悪くはない、と彼女は思った。

（二四五）

エリザベスはなぜ「ペンバリーの女主人になるのも悪くはない」と思ったのであろうか。基本的には、さきに触れたように、彼女が自らの偏見を克服し、ダーシーに好意をよせはじめているからである。エリザベスが部屋のなかで「このお屋敷の女主人になっていたのかもしれないのだわ！」（二四六）と考えたとき、彼女はすでにダーシーの求婚を拒否したことを後悔さえしているのだ。もちろん、彼女がペンバリーによって象徴される富や地位に惹かれたことは否定できない。さらに彼女はペンバリーに見られるダーシーの趣味のよさ、彼の精神性にも惹かれているのである。[23] ペンバリーが、館の内部も含めて、レディ・キャサリンのロージングズと対照的にえがかれていることに注目しなければならない。

エリザベスは、ミセス・レイノルズからダーシーが兄として、雇い主として、そして地主としていかにすぐれた人物であるかを知らされる。彼女はこう語る。

「あの方は地主さまとしても、ご主人さまとしても、非のうちどころのない方です。自分のことしか考えない最近の乱暴な若い人たちとは違います。小作人でも召使でも、ご主人さまをほめないものは一人もおりません。高慢だという人もいますが、わたしはそんなところを見たことがありません。わたしの考えでは、ほかの若い人のようにべらべらしゃべらないので、そんなふうに見られるのかもしれません」。（二四九）

ダーシーを四歳のときから知るというミセス・レイノルズのこのような発言は、エリザベスのダーシーに対する考え方に強い影響をあたえずにはおかない。実際、彼女はダーシーの肖像画をまえにして、これまでにない優しい気持ちをだくのである。そして彼女は「兄として、地主として、主人として、どれだけ多くの人の幸福が彼の保護のもとにあるか！」（二五〇）を考え、いままでにない深い感謝の気持ちをもって、彼の自分への心遣いに思いを致すのである。エリザベスのダーシーに対する誤解は完全になくなったと言えよう。

ペンバリーでエリザベスはダーシーと再会する。彼女が何よりも驚いたのは、彼の態度がこれまでとはまったく変わっていたことである。これまでの高慢は影をひそめ、彼は丁重そのものの人物になっていたのである。エリザベスにすれば、自分に話しかけること自体信じられないことなのだが、彼は礼儀作法が完全に欠如していると非難していた彼女の家族の安否を丁重に尋ねる。「ロージングズ・パークで手紙を渡したときの話し方と何というちがいであろう!」(二五二)と彼女が考えるのも無理はない。さらに彼はその社会的地位の低さを指摘していた商人であるガーディナー夫妻にたいしても丁重な態度で接し、ミスター・ガーディナーを釣りに招待するのである。エリザベスは繰り返しこう考える。

「なぜあの人はこんなに変わったのだろう? 何が原因なのだろう? わたしのためであるはずがない。彼の態度がやさしくなったのはわたしのためであるはずがない。ハンズフォードでわたしが非難したからといって、彼がこんなに変わるはずがない。彼がいまでもわたしを愛しているなんてありえないことだ」。(二五五)

だが、事実はこの通りなのだ。ダーシーが変わったのはエリザベスが原因なのだ。彼女が彼の高慢を批判し、彼がいまでも彼女を愛しているからこそ、彼は変わったのである。のちにダーシーはこう振り返っている。「あなたはぼくに、最初のうちはとてもつらいが、とてもためになる教訓を教えてくれました。あなたはぼくの高慢の鼻をへし折ったのです。ぼくはかならず受け入れられるものと思ってあなたのところへ行ったのです。あなたはぼくにぼくの主張が、喜ばせる価値のある女性を喜ばせるのにいかに不十分であるかを教えてくれたのです」。(三六九) エリザベスが求婚を拒否したことを契機として、ダーシーは自らの高慢を克服したのである。

エリザベスの窮地を救うため、ダーシーは駆け落ちをしていたリディアとウィッカムを正式に結婚させる。このことを知ったエリザベスは、ダーシーに対する感謝の念と愛情を一層深める。すでに見たように、ダーシーとエリザベスはそれぞれ高慢と偏見を克服している。二人が結婚するために必要なことは、たがいに愛し合っていることを確認することだけである。ここで皮肉な役割を演じるのがレディ・キャサリンである。

レディ・キャサリンはダーシーの高慢を極端な、もっとも悪い形でした体現した人物である。彼女の偉大さはコリンズによって繰り返し強調されているが、彼女に「非凡な才能や驚くべき美徳」があるわけではない。エリザベスは決してレディ・キャサリンの「単なる金と地位だけの威厳」(一六二)を恐れることはない。このような二人がダーシーの結婚をめぐって対決する場面は、この小説の核心である。なぜならここで二人の価値観が激しく衝突し、結局レディ・キャサリンの高慢や価値観が無力であることが明らかにされるからである。

レディ・キャサリンは、エリザベスとダーシーが結婚するかもしれないという噂を聞き、その結婚を阻止しようとする。彼女が二人の結婚に反対する理由は三つある。第一に、母親同士の取り決めによって、ダーシーとレディ・キャサリンの娘が婚約しているということである。これに対してエリザベスは、要するに、結婚を最終的に決めるのは親ではなく、結婚する本人同士だと反論する。レディ・キャサリンが結婚に反対する二番目の理由は、家系、身分、財産などが異なるということである。二人とも母方は同じ貴族の家系の出身であり、父方も、爵位こそないが、立派な、古い家柄の出身である。財産は、どちらも、申し分ない。それに対して、エリザベスは「生まれも劣り、社会的地位もない、一族とは何の関係もない若い娘」（三五五）であり、「家柄も、親戚も、財産もない若い娘」（三五六）にすぎない。さらにレディ・キャサリンはエリザベスの親戚の身分の低さを指摘する。これに対してエリザベスはダーシーも自分も紳士の娘であり、ダーシー自身に異存がなければ、親戚の身分の低さも問題ではないと反論する。最後にレディ・キャサリンは、エリザベスとダーシーが結婚すれば、駆け落ちをしたリディアが妹になり、先代のダーシーの執事の息子が弟になることを指摘するが、これにはエリザベスも反論することができない。レディ・キャサリンはエリザベスにダーシーと結婚しないよう繰り返し要求するが、エリザベスは彼と結婚する意志があることをはっきりとしめし、彼女の要求を断固として拒否するのである。

リディアが駆け落ちをした時点で、エリザベスはダーシーとの結婚を諦めていた。レディ・キャサリンは、そのエリザベスにダーシーと結婚する意志があることを確認させただけではない。彼女はエリザベスの気持ちに確信がもてずにいるダーシーに彼女の気持ちを伝えるのである。「ぼくたちを引き離そうとしたレディ・キャサリンの不当な努力のおかげで、ぼくの疑いが取り除かれたのです。（略）おばの報告で希望をもち、すべてを知ろうと決心したのです」（三八一）とダーシーはのちに語っている。レディ・キャサリンは、自らの意図とは逆に、二人の結婚を取り持ったのである。オースティンは上流階級に属する人間自身に、家柄、身分、財産などにもとづく高慢、あるいは当事者の意向を無視した結婚がいかに無力なものであるかを証明させているのである。作者の巧みな階級批判と言えよう。

エリザベスはダーシーの二度目の求婚を受け入れる。ミスター・ベネットは、しかし、エリザベスの結婚に不安を抱く。

「リジー、わたしはおまえの気性をよく知っているよ。おまえは夫を本当に尊敬していなければ、自分よりすぐれた人間として尊敬していなければ、幸せにもなれないし、りっぱにやっていくこともできない。不釣合いな結婚をすると、おまえの溌剌とした才能はおまえを大変な危険におとしいれる。不名誉や不幸を免れることはまずできないだろう」。（三七六）

ミスター・ベネットのこのような不安は、反発しあっていた二人が婚約するに至った経緯を十分に把握していないことによる。ダーシーとエリザベスは、それぞれ高慢と偏見を克服し、たがいを理解し、たがいの愛情を確かめあったのである。エリザベスはミセス・ガーディナーにこう語る。

「わたしは世界一の幸せものです。多分、同じことを言った人はいるでしょうけれど、わたしほどそれが当たっている人はいません。わたしはジェインよりも幸せです。お姉さまは微笑むだけですが、わたしは声をだして笑うのですもの」。(三八二-三)

確かにエリザベスとダーシーの結婚は、ほかの三組の結婚——リディアとウィッカム、シャーロットとコリンズ、ジェインとビングリー——よりも精神的にも、経済的にも、安定した、幸せなものと言えよう。

さきに見たように、エリザベスとダーシーの結婚における最大の障害は、二人の階級差とそれにもとづくダーシーの高慢である。この結婚によってエリザベスが失うものは何もない。彼女は第一印象にもとづく自らの偏見を克服しただけのことである。彼女は玉の輿に乗ったのであり、彼女から見れば、この小説はシンデレラ・ストーリーである。[24] この結婚が成立したのは、基本的にはダーシーが高慢を捨てたからである。もっとはっきり言えば、彼が求婚のとき言っていたように、自らの格を下げたからである。彼はエリザベスと結婚するために多くのことを我慢しなければならなかった。彼はエリザベスのためにウィッカムとリディアを結婚させた。しかし彼女と結婚することは、あれほど嫌悪していたウィッカムが弟に、ふしだらなリディアが妹になることを意味している。さらに「礼儀作法の完全な欠如」を批判していたミセス・ベネット、身分の低さを指摘していたガーディナー夫妻やフィリップス夫妻とも親戚になることを意味している。もちろんこれらの問題が根本的に解消されたわけではない。ウィッカム夫妻が改心したわけでもない。ミセス・ベネットはミセス・ベネットのままであり、親戚の職業が変わったわけでもない。

　おそらくダーシーはレディ・キャサリンやビングリー姉妹、エリザベスやガーディナー夫妻を通して、社会的地位と人間的価値が必ずしも一致しないことを学んだのであろう。レディ・キャサリンは「上流階級的自意識のもっとも悪い面」をあらわし、ガーディナー夫妻は「ダーシーの社会的偏見と上流階級的高慢にたいする非難[25]」を意味している。ダーシーは「おばのぶしつけな行儀作法」（一七三）を恥ずかしく思う。一方ガーディナーは「聡明さ、趣味、マナーのよさ」（二五五）をそなえた人物である。ダーシーがガーディナーと協力してウィッカムとリディアを結婚させたことは、彼がガーディナーを信頼していることを物語っている。

　結局ダーシーは恋愛という個人的感情を高慢という社会的意識よりも優先させたのであり、個人を個人として、身分、財産、親戚などと切り離して評価したのである。『高慢と偏見』ではエリザベスの魅力が強調されることが多いが、このようなダーシーの自己改革こそがこの小説の要なのだ。この小説でもっとも大きな変貌を遂げたのは、エリザベスではなくダーシーであることを忘れてはならない。ダーシーがエリザベスと結婚することによって、二人の階級差は解消された。二人の結婚はほかの三組の結婚にはない新しさを備えている。エリザベスとダーシーの結婚によって、オースティンは結婚や社会の新しい姿を提示したのである。

第四章
不安定な安定
——『マンスフィールド・パーク』

1

『高慢と偏見』について、オースティンはこう述べている。「あの作品はどちらかというと軽やかで、まばゆく、輝きすぎています。陰影が不足しているのです」。（L 二〇三）オースティンは、しかし、つぎの小説『マンスフィールド・パーク』において「陰影」をつけすぎてしまったようだ。とりわけファニー・プライスの評判はよろしくない。「すべてのヒロインのなかでもっとも魅力のないヒロイン」[1]、「誰も好きになれないヒロイン」[2]、「まったく人気のないヒロイン」[3]等々、ファニーの評判は気の毒なほどだ。[4]確かに、明るく、溌剌としたエリザベス・ベネットと較べて、暗くて、モラルの固まりのようなファニーが精彩を欠いていることは誰の目にも明らかだ。恐らくこういったことのせいであろう、この小説の評判は概ねかんばしくない。当のオースティン自身、『マンスフィールド・パーク』が『高慢と偏見』の「半分も面白くない」(L二一七)ことを認めている。だが、エリザベスのような魅力的なヒロインを創造し、『エマ』のような緊密なプロットを構成することのできるオースティンは、ヒロインの魅力や小説の評価を犠牲にしてまで、この小説において何を、どのように表現しようとしたのであろうか。

オースティンは『マンスフィールド・パーク』において、たがいに対立する価値観や行動様式をえがくことによって、自らの倫理観や思想的立場を表明しようとした。実際、この小説のエピソードの多くは、そのような価値観や行動様式の衝突にほかならないのである。この小説における対立関係は比較的単純である。人物にかんして言えば、サー・トマス・バートラム、エドマンド・バートラムおよびファニーとクロフォード兄妹が対立している。土地にかんして言えば、マンスフィールド・パークと摂政時代(the Regency)のロンドンが対立している。第三部の舞台となるポーツマスはマンスフィールド・パークと対立しているというよりもその陰画、あるいは引き立て役である。それぞれの人物や土地があらわす大まかな意味を言えば、前者はジェントリーの保守的なモラルや伝統、田園といったものをあらわしている。[5] それに対して後者は摂政時代の、堕落した、自己本位で軽薄なモラル、都会(ロンドン)といったものをあらわしている。[6] この対立はまた「静」と「動」の対立でもある。ファニーは決して動かない。動くのは常にクロフォード兄妹であり、彼らがこの小説のプロットを動かしているのである。この小説に活力をあたえているのは彼らであり、彼らのモラルに問題があるとしても、彼らがある意味でファニーやエドマンドよりも魅力的であることは否めない。

『マンスフィールド・パーク』では、オースティンの倫理観がもっとも強く前面に押し出されている。そのためこの小説はほかの小説とは異なった特徴をそなえているのである。彼女の六編の小説のヒロインのうち四人（キャサリン・モーランド、マリアン・ダッシュウッド、エリザベス・ベネット、エマ・ウッドハウス）までが迷妄からの覚醒という経路をたどる。[7] 一貫して変化しないのはアン・エリオットとファニーだけである。『説得』はアンがロマンスを回復する物語であり、愛情の不変に重点がおかれている。それに対して『マンスフィールド・パーク』では、ヒロインの愛情は抑圧され、倫理観の不変に重点がおかれているのである。ファニーの倫理観が変化することはない。

『マンスフィールド・パーク』というタイトルからも明らかなように、オースティンはマンスフィールド・パークがあらわすものを支持しており、彼女はこの小説でそれがクロフォード兄妹やロンドンがあらわすものに勝利することをえがいている。別な言い方をすれば、マンスフィールド・パークという一見安定した世界にクロフォード兄妹という余所者が侵入し、その秩序は乱されるが、最終的に彼らは追放され、本来の秩序が回復されるのである。このことは、ファニーがいろいろな試練を経てエドマンドと結婚し、彼女がマンスフィールド・パークの精神的支柱となることによって実現されるのである。

2

サー・トマスはマンスフィールド・パークがあらわすモラルや家父長的権威を体現する人物である。その彼が「西インド諸島の領地で最近発生した損失」（二四）のためトム・バートラムとともに一年間の予定でアンティグア島へ赴くことになる。[8] サー・トマスの不在が基本的に意味しているのは、マンスフィールド・パークの経済的基盤が意外と危ういこと、そして何よりも彼が象徴するマンスフィールド的モラルや家父長的権威の不在ということである。バートラム嬢たちがすべての束縛から解放され、好きなことができると考えて、サー・トマスのアンティグア島行きを歓迎したことがこのことを物語っている。実際、彼の不在中にマライア・バートラムとジェイムズ・ラッシュワースが婚約し、サザトン・コート訪問や素人芝居がおこなわれ、登場人物はそれぞれの本性をさらけだすことになるのである。これらの出来事は、ファニーがマンスフィールド・パークの精神的支柱となるための試練でもある。

サー・トマス不在中の最初の出来事は、マライア・バートラムとジェイムズ・ラッシュワースとの婚約である。マライアは二十一歳なので結婚することが義務だと考え始めていた。ラッシュワースと結婚すれば、「父よりも多い収入」と「ロンドンの邸宅」（三八）を確保することができる。愛がなくとも、彼と結婚することが彼女にとって義務となってしまったのだ。一方、ラッシュワースは領地と屋敷を相続し、結婚したい気持ちになっていたので、マライアに恋をしていると考えてしまった。二人のあいだに愛があったわけではない。だが、二人の婚約を画策したミセス・ノリスは当然のこと、好都合なことしか聞かされていなかったとはいえ、サー・トマスまでが「どう考えても有利な縁談」（四〇）に賛成してしまう。彼も結婚を社会的、経済的な観点からしか考えていないのだ。ただ一人エドマンドだけがことの本質を見抜いていた。彼はマライアの幸福の中心が収入の多さにあること、そして一万二千ポンドの収入がなければ、ラッシュワースはとんでもない馬鹿者であることを見抜いていたのである。

アンティグア島から帰国し、二人の結婚に不安をもったサー・トマスはマライアにラッシュワースと結婚する意志があるのか確認する。マライアは、しかし、サー・トマスの束縛から逃れるため、そして自分をすてたヘンリーに対する復讐心から、軽蔑している男と結婚するのである。語り手はマライアが結婚する事情をつぎのように説明している。

ヘンリー・クロフォードが彼女の幸福を台無しにしてしまったのだ。しかし、そのことを彼に知られてはならない。信用、体面、幸運までも台無しにされるようなことがあってはならない。彼に恋い焦がれてマンスフィールドに引きこもっているとか、彼のためにサザトンとロンドン、独立とはなやかな生活を拒んだなどと考えさせてはならない。独立することがこれまでになく必要だった。マンスフィールドにそれが欠けていることがより痛切に感じられた。彼女は父親が押しつける束縛にますます耐えられなくなった。父親が留守であったときの自由が絶対に必要となった。彼女としてはできるだけ早く父親とマンスフィールドから逃れ、財産と社会的な地位、ざわめきと社交界に傷ついた心の慰めを見つけなければならなかった。彼女の決意は固く、変わらなかった。（二〇二）

結局サー・トマスはマライアの本心を見抜けなかったのだ。マライアとラッシュワースの結婚はファニーとエドマンドの結婚と著しい対照をなしている。この結婚は愛のない、打算による結婚の典型的なものであり、二人の関係が破局を迎えるのは当然と言えよう。

ロンドンからヘンリー・クロフォードとメアリー・クロフォードがグラント夫妻を訪問する。『マンスフィールド・パーク』の実質的なアクションはここから始まる。二つの倫理観や行動様式がことあるごとに対立するのである。クロフォード兄妹がどのような人物であるかは、すぐに明らかにされる。ヘンリーは「住居を定めること」と「かぎられた付き合いをすること」（四二）が大嫌いである。メアリーに言わせれば、彼は「ひどい浮気もの」で「提督の薫陶によってすっかりすれてしまっている」（四三）のである。一方メアリーは、結婚するときに騙されない人は百人に一人もいない、結婚とは相手に最大限のものを期待しておいて自分自身はいちばん不正直でいることだと考えている。ミセス・グラントに言わせれば、「メアリーはロンドンのヒル街で結婚について悪い教育を受けてきた」（四六）のである。彼女は自分のハープを運ぶために牧草の取り入れどきに荷馬車を借りようとして農民たちを怒らせてしまう。[9] エドマンドは農民たちを弁護するが、彼女には農民たちに対する配慮は微塵もない。彼女は「何でもお金で手に入るという正真正銘のロンドン式処世法」（五八）を身につけてマンスフィールド・パークにやってきたのである。

二つの倫理観の最初の対立は、サザトン・コートの改良（improvement）をめぐって引き起こされる。ファニーはクーパーの詩を引用して並木を切り倒すことに反対する。そして並木が切り倒されるまえの、古い姿の屋敷を見たいと言う。それに対してメアリーは改良業者に頼み、お金を払って、できるだけ美しいものを作ってもらえればありがたいと言う。ヘンリーは彼自身改良をしたことがあり、改良が大好きだと言う。改良をめぐる対立はエドマンドが受け継ぐはずの任地ソーントン・レイシーをめぐっても繰り返される。「優れた改良家」であるヘンリーは金と時間をかけて改良すべきだと考える。「ただの紳士の住まいから、当を得た改良によって、教育と趣味と当世風のマナーとりっぱな縁故者をもつ男の住まいになる」（二四四）と彼は言う。それに対してエドマンドは「飾りと美しさは少しだけで満足しなければならない」「多額の金を使わなくても、家とそのまわりを居心地よくし、紳士の住まいらしくすることはできるし、それで十分だ」（二四二）と言う。両者の対立は明らかであろう。ファニーやエドマンドの態度は、自然や伝統を重視する保守的な立場をあらわしたものと言えよう。一方、クロフォード兄妹は、自然や伝統を破壊しようとする力をあらわしているのである。

サザトン・コートの改良にかんするヘンリーの意見を聞きたいというラッシュワースの要望に応じて、エドマンド、マライア、ジュリア、ファニー、ミセス・ノリス、クロフォード兄妹がサザトン・コートを訪問する。この訪問中に、さまざまなことが明らかになる。たとえば、マライアは婚約しているにもかかわらず、ヘンリーのとなりの席にジュリアがすわり、自分がすわれなかったことを悔しがる。そして二人はヘンリーをめぐってたがいに嫉妬心をあおりあうのである。このことはマライアがラッシュワースに愛情を抱いていないこと、そしてヘンリーがマライアとジュリアを相手に戯れの恋をしかけていることをしめしている。

エドマンドはすでにメアリーに惹かれ始めていたのだが、彼が牧師になることをめぐって、メアリーとの意見の対立が浮き彫りになる。メアリーは精神的なものよりも金や社会的地位を重視する。彼女にとってはそれらがすべてと言っても過言ではない。彼女にとって「ロード・エドマンド」や「サー・エドマンド」は魅力的なのだが、「ミスター・エドマンド」は何の魅力ももたない。「たくさんの収入がこれまでに聞いた幸せになるための最高の処方箋です」。(二一三)「高い地位につけるというのに、無名の地位に満足しているようなものはすべて軽蔑しなければなりません」。(二一四)これらの言葉は彼女の考えをよくあらわしている。彼女の金と地位に対する執着をもっともよくあらわしているのは、トムが病気であることを聞いたときの彼女の反応であろう。トムが亡くなればエドマンドが准男爵の爵位を継承し、彼が富と地位を手に入れることになる。それならばエドマンドが牧師であったとしても、彼と結婚してもよいというのである。ファニーが考えたように、「彼女は、お金以外は何も重要と思わないということだけを学んだ」(四三六)のである。

ラッシュワース家で朝夕の礼拝が廃止されたことを聞くと、メアリーは「どの時代にも改良があるものだ」(八六)と言って笑い飛ばし、強制的な礼拝を好むものなどいない、昔の牧師はいまよりもさらにひどかったと言葉をつづける。エドマンドが牧師になるつもりであることを知ったときにはさすがに愕然とするが、しばらくして牧師の非難を再開する。「だって僧職について何ができますの。男の人は名をあげるのが好きなのでしょう。ほかの職業なら名声を得られますが、僧職ではだめですわ。牧師なんて何の取柄もありませんわ」。(九二)メアリはエドマンドが牧師になることに反対であり、彼女は彼に「もっとましな何か」（九三）、弁護士になることをすすめる。彼女に言わせれば、「牧師なんてだらしなくて、わがままに決まっているわ——新聞を読んで、空模様を見て、夫婦喧嘩をするくらいしか、することがないのよ。副牧師が仕事をすべてやってくれますから。一生の仕事は食事をすることだけです」（一一〇）ということになる。彼女は「教区牧師の義務」（二四八）に幻滅しているのであり、彼女には田舎牧師の妻になる気など毛頭ないのである。

それに対してエドマンドは、牧師の意義を強調する。牧師には人類にとってもっとも重要なこと——宗教、モラル、マナーズ、すなわち「おそらくりっぱな信念の結果である品行」（九三）を守る役目があるのだ。さらに彼はロンドンのような大都会に倫理性を求めることはできないこと、そこでは宗派とは無関係に、りっぱな人が役にたたないこと、そして牧師の影響力がもっとも強く感じられないことを指摘する。エドマンドとメアリーの対立は田園（田舎）と都市（ロンドン）の対立でもあるのだ。メアリーは「ひっそりと引きこもった暮らし」を公然と嫌い、「ロンドン生活」（二五五）をはっきりと好んでいるからである。ファニーやオースティンがエドマンドの立場を支持していることは言うまでもない。

サザトン・コートの庭園で繰り広げられる場面は、素人芝居とともに、しばしば議論されるエピソードである。鉄の門のまえのベンチにすわりつづけるファニーの静、それぞれの欲望を追い求めて、そのまえにあらわれては立ち去るほかの人物の動、両者の対比が鮮やかである。「じっとしていられないの。休んでいると疲れてしまう」（九六）というメアリーの言葉に促されて、エドマンドはファニーを一人残してメアリーと森のなかに立ち去る。エドマンドを愛しつつも、二人の交渉をだまって見つづけなければならないファニーを暗示していると言えよう。

鉄の門と隠し垣（ha-ha）の象徴的な意味は、「あの鉄の門と隠し垣は束縛と苦痛の感じを起こさせるの。椋鳥が言ったように、外へ出られないのよ」（九九）というマライアの言葉からも明らかであろう。ヘンリーは言葉巧みに、鉄の門の鍵を取りに戻っているラッシュワースを無視して、門の端をまわって外に出るようマライアを挑発する。

> 「あなたとしては、鍵とラッシュワースさんの権威と保護がなければどうしても外にでられないのでしょうね。でも、ぼくが手を貸せば、門の端のここのところをたいして苦労もせずに通れると思いますよ。もしあなたがもっと自由になることを本当に望んでいて、そうすることが禁止されていないとお考えになるのなら、できると思いますよ」。（九九）

ファニーは「怪我をしますよ、バートラムさん。あの忍び返しできっと怪我をしますよ、ガウンだって破れますよ、隠し垣のなかへすべりおちる危険もありますよ。行かない方がいいですよ」（九九－一〇〇）と注意するが、マライアは門の外へ出て行ってしまう。このあとにあらわれたジュリアも「助けがなくたって、マライアのしたことぐらいわたしにもできる」（一〇〇）と言って、ファニーの注意を無視して鉄の門の外へ出て行ってしまう。彼らの言動がそれぞれの性格や考え方をあらわすと同時に結末の駆け落ちの伏線となっていることは言うまでもない。

素人芝居は二つの価値観がもっとも激しくぶつかり合い、マンスフィールド的価値観がもっとも危険にさらされる場面である。エドマンドとファニーを除くすべてのものが、『恋人たちの誓い』を上演することに賛成する。現在の当主であるトムは「身内だけのちょっとした楽しみ」（一二五）以上のものではないと言う。しかしサザトン・コート訪問の場面同様、クロフォード兄妹、マライア、ジュリアは役を演じることで現実には許されない個人的な欲望を満たそうとしているのだ。このことは配役をめぐるトラブルからも明らかであろう。たとえばマライアはアガサを演じようとするが、それはヘンリーに対する愛を発散させるためである。ヘンリーがフレデリックを演じようとするのは、マライアとの戯れの恋を楽しむためである。実際二人は何度もリハーサルを繰り返す。アガサがかつて情婦であったことが、結末の二人の駆け落ちを暗示していることは言うまでもない。エドマンドがアンハルト役を引き受けることにしたのも、要するにメアリーの相手役をしたいからにほかならない[11]。彼らの動機も行動も決して倫理的とは言えない。タナーが指摘しているように、マンスフィールド・パークを劇場に変えることは「秩序の神殿」

を「スキャンダルの学校」に変えるようなものなのである。[12] エドマンド、ファニー、ひいてはオースティンが素人芝居に執拗に反対する理由は、つぎのエドマンドの言葉に要約されている。

「一般的に見て、素人芝居にはいろいろ問題がありますが、いまのわたしたちの立場では、そんなことをしようとするのはきわめて無分別、無分別以上のことだと考えなければなりません。お父様に対しても、たいそう思いやりのないことになるでしょう。いま不在で、絶えずある程度危険にさらされているのですから。それにマライアのことを考えても、不謹慎なことになるでしょう。いろいろ考えると、彼女の立場はとても微妙、きわめて微妙なのですから」。（一二五）

要するにエドマンドが芝居に反対する理由は以下の三点である。[13] 第一に、「一般的に見て、素人芝居にはいくつかの問題がある」ということである。このことについてエドマンドは具体的に何も説明していないが、おそらくつぎの三つのことを意味しているのであろう。その一つは当時依然として根強い "antitheatricalism" があったこと、つまり「演劇や俳優に対する疑いがくすぶりつづけていた[14]」ことである。それに加えて「芝居に対する昔からあるプラトン的異論[15]」があったことを考慮すべきであろう。ごく簡単に言えば、悪い役を演じると、演じた人間が悪くなってしまうという考えであり、「他人の役を演じると真の自己の高潔さが失われる」[16]という考え方である。事実エドマンドは「自分の劇中の役割と現実の役割」（一六三）を混同してしまっている。『恋人たちの誓い』が不義の愛や私生児を題材とした不道徳なものであることを考え合わせれば、この劇の上演に反対するのは当然のことであろう。二番目の理由は、サー・トマスが危険にさらされているときに、マンスフィールドを勝手に劇場に改造し、そこで芝居に興じることはサー・トマスに対する配慮を著しく欠くことであり、不謹慎だということである。三番目の理由は、バートラム姉妹、特に婚約しているマライアが、芝居に加わることは妥当でないということである。[17]実際彼女は男爵の情婦で私生児を産むアガサの役を演じることになるのである。一言で言えば、サー・トマスが賛成するとは思えないということであり、芝居を行うことは、サー・トマスの家長としての権威や彼が象徴するものを否定することになるからである。

エドマンドは断固として芝居に反対し、「自分自身が出演することについては、絶対に反対する」（一二八）と公言していた。しかしそのエドマンドもアンハルト役を引き受けてしまう。よく知らない若者が劇に加わるのを防ぐためだというのだが、本心はその男ではなく、自分がメアリーの相手役をやりたいだけのことである。ヘンリーとマライアが考えたように、エドマンドが態度を変えたのは「嫉妬深さゆえの弱み」のせいであり、彼は「利己的な気持ち」に駆られたのである。「エドマンドはこれまで維持してきた道徳的な高みから降りてしまった」（一五八）のである。こうしてファニー以外のすべての人物が芝居に参加することになる。

確かにファニーは終始一貫して芝居に反対する態度を貫いた。彼女だけがマンスフィールド的倫理観を守り通した。その精神力は見事というほかない。しかしそのファニーも完全に芝居に係わらなかったわけではない。第十六章の終わりでは、譲歩してもかまうものか、となかば諦めかけている。第十八章ではこの劇からできるだけ多くの無邪気な喜びを得られると考え、メアリーとエドマンドの練習相手をしている。そして最後にはミセス・グラントの代役を引き受けているのである。マンスフィールド・パークの秩序は崩壊寸前と言えよう。

だが、サー・トマスの突然の帰国によって芝居は中止される。最後の最後になってクロフォード的価値観は排除され、マンスフィールド・パークの秩序が回復されるのである。このことは、しかし、マンスフィールド的価値観が危ういこと、オースティンがかなり無理をしてマンスフィールド的秩序を回復させていることを物語っている。弱い立場にあるファニー、まったく孤立してしまったファニーに勝ち目はない。サー・トマスの突然の帰国がなければ、確実に素人芝居は行われていたであろう。サー・トマスの帰国が機械仕掛けの神（deus ex machina）であることは否定できない。マンスフィールド・パークの秩序はそのようにしてかろうじて維持されたのである。

芝居騒動のあと、ファニーの重要性が増す。それは彼女だけがあくまで芝居に反対しつづけたからであり、サー・トマスやヘンリーが認めるように、彼女が美しくなったからであり、結婚したマライアとジュリアがマンスフィールドをあとにしたからでもある。これまで目立たない存在であったファニーが、文字通りこの小説のヒロインとなるのである。事実ミセス・グラントはエドマンドとともに彼女を牧師館に招待し、サー・トマスは彼女のために舞踏会を催す。ヘンリーはファニーとの戯れの恋を目論み、やがて真剣に彼女と結婚することを決心する。そしてファニーとヘンリーの関係、つまりファニーがヘンリーの求婚を断りきれるかどうかが第二巻、第三巻の中心的な話題となるのである。

ヘンリーはファニーに恩をきせるため、彼女がウィリアムからもらった琥珀の十字架をつけるためのネックレスをメアリーを通してなかば無理やりにプレゼントする。このようなやり方は、ウィリアムの昇進同様、決して誠実なやり方とは言えない。一方エドマンドも十字架をつけるための金の鎖をプレゼントする。ファニーはもちろんエドマンドの金の鎖に十字架をつけて舞踏会にのぞみたいのだが、エドマンドは彼女にネックレスをつけるよう忠告する。

ファニーにとってヘンリーのネックレスをつけることは、彼と結婚することにもつながりかねない重大な問題である。ヘンリーとの結婚が、ファニーの倫理観の敗北を意味することは言うまでもない。しかしここでも彼女は幸運な偶然によって救われる。彼女はエドマンドの顔をたててネックレスをつけることに決めていたのだが、ネックレスが大きすぎて十字架の輪を通らないのである。結局彼女はウィリアムからもらった十字架とエドマンドの鎖というもっとも愛しい人のしるしをつなぎ合わせ、舞踏会にのぞむのである。素人芝居の場合同様、作者はかなり無理をして、強引に問題を解決させているのである。

サー・トマスはファニーにヘンリーと結婚するよう繰り返し強くせまる。

「分別も、人柄も、気質も、態度も、そして財産も申し分ない若者がいて、ひどくあなたを好きになり、気前よく、欲得ぬきであなたに求婚している。言っておくがね、ファニー、あなたがあと十八年生きたとしても、クロフォードさんの半分ほどの財産、あるいは十分の一ほどの取柄をもった男から言い寄られることはないかもしれませんよ」。（三一九）

サー・トマスからすれば、ヘンリーはどの点をとってみても申し分のない結婚相手なのだ。彼はどうしても承諾しないファニーを激しく批難するが、マライアとラッシュワースの結婚の場合同様、彼には真相が分かっていないのである。これまでファニーのよき理解者であり、味方であったエドマンドも、サー・トマス以上にヘンリーとの結婚を望ましいものと考え、彼との結婚を薦める。メアリーのことで頭が一杯で、彼も真相が見えなくなっているのだ。メアリーも、ヘンリーがこれまでとは異なり真剣であるであることを理由に、ファニーに結婚をせまる。驚くべきことにあのレディ・バートラムまでもがこの八年半で初めて忠告する。「ねえ、ファニー、こんな文句のつけようのないお話は、お受けするのが若い娘の務めというものです」。(三三三)これは当時の一般的な結婚観をしめすと同時に、ファニーへの精神的重圧がいかに強かったかをしめしたものと言えよう。

ファニーは、要するに、ヘンリーと結婚するようサー・トマス、エドマンド、メアリー、そしてレディ・バートラムからも迫られることになる。素人芝居の場合同様、ファニーに味方はいない。ここでも彼女は危機にさらされることになる。彼女はサー・トマスに「わがままで、強情で、自分勝手で、そして恩知らず」(三一九)と思われても、ヘンリーとの結婚を頑なに拒否しつづける。ファニーは積極的に何もしないといって非難されることがあるが、彼女がおかれた状況を考えれば、この拒否しつづけるという行為にもっと積極的な意義を見いだすべきであろう。それだけではない。彼女は女性としての権利を主張しているのである。

「女性はだれだって、男性が女性にうんと言ってもらえない、少なくとも愛してもらえないことはありうることだと感じているはずよ。どんなにその男性が大体において感じがよくても。申し分ない男性の場合でも、たまたま好きになった女性から受け入れてもらえるのは

確実なことと決めてかかるべきではないと思うのです」。(三五三)

これは『高慢と偏見』において、エリザベスがコリンズに求婚されたとき、あるいはダーシーに一回目の求婚をされたとき、彼女が感じた怒りでもある。ファニーは単に耐えるだけのヒロインではないのである。

ファニーがヘンリーを拒否する一つの理由は、彼が信用できないということである。彼はこれまでマライアやジュリアの気持ちをもてあそんできた。そんな彼が急に真剣になるとは考えられないのだ。素人芝居のとき、ファニーはヘンリーを「最高の役者」(一六五)と考えていた。『ヘンリー八世』を朗読するとき、彼は役者としての才能を再び発揮する。ヘンリーはどんな役でも見事にこなすのだが、それは不変の自我がないということにほかならないのである。

ファニーがヘンリーを拒否するもう一つの、そしておそらくより本質的な理由は、ファニーのエドマンドへの愛である。『説得』においてアンが結婚できる見込みもないのにウェントワースへの愛のためにチャールズ・マスグローヴやミスター・ウォルター・エリオットの求婚を断ったように、ファニーもエドマンドへの愛のためにヘンリーの求婚を断るのである。言うまでもなくこれは愛情のない結婚に反対するというオースティンの一貫した考え方によるものである。ただし、ファニーのエドマンドへの愛はファニーによっても語り手によっても意識的に隠蔽されていて、彼女の愛が前面にでることはない。[18] 小説の最後になって「この喜ばしい、驚くべき真実」(四七一)が明らかにされるだけである。この小説ではヒロインの恋愛や結婚よりも価値観の対立に重点がおかれているからある。

3

「マンスフィールド・パークの上品さと贅沢」「充分な収入の価値」(三六九)をファニーに分からせるために、サー・トマスはファニーをポーツマスの実家に帰らせる。[19] 彼の思惑通り、彼女は実家に着くとすぐにすべてのことに幻滅する。冷淡な両親、狭くて汚い家、絶え間のない騒音と混乱、「ほとんどすべての点で彼女が期待していたことの反対」であり、そこは「騒音、無秩序、無作法の住処」(三八八)であった。ここには「マンスフィールド・パークの気品、礼儀作法、規則正しさ、調和、そして恐らく、何にもまして、平穏と静けさ」(三九一)などは微塵もない。「いまの住まいの絶え間のない騒動」に比べれば、ミセス・ノリスが時々持ち込むちょっとした苛立ちなど「大海原に対する一滴の水」(三九二)のようなものだとさえファニーは考える。マンスフィールドの秩序と精神性、ポーツマスの無秩序と俗悪さ、両者の対比は残酷なほどである。

オースティンはマンスフィールドとポーツマスを対比させることによって、マンスフィールドがもつ象徴的意義の重要性をきわだたせ、マンスフィールドの秩序と精神性を維持するには、経済的、物質的基盤が必要であることを明らかにしているのである。ファニーはポーツマスではなくマンスフィールドこそが自分の「故郷」("home")(四三一)だと考えるが、このことは彼女がマンスフィールドの精神的守護者になったことを意味していると言えよう。

オースティンはかなり強引にこの小説をハッピー・エンディングで終わらせている。まずマライアとヘンリーが駆け落ちをする。マライアがラッシュワースをすて、ヘンリーのもとに走ったのは当然であろう。サー・トマスの束縛から逃れるため、そして自分を捨てたヘンリーに対する復讐心から、彼女は軽蔑している男と結婚したからである。一方、サザトン・コートの鉄の門のエピソードやヘンリーの性格を考えれば、彼がマライアの挑発にのり、彼女と戯れの恋を再び始めることは十分に考えられる。作者は「好奇心と虚栄」が働き「目先の楽しみの誘惑」(四六七)が強すぎたと説明している。要するに彼はファニー相手に真面目な恋人役を演じていただけかもしれない。

しかしヘンリーがファニーとの結婚を諦め、マライアと駆け落ちまですることには少し無理があるように思われる。そもそもヘンリーにとってマライアは戯れの恋の相手でしかない。どうしてファニーを犠牲にしてまで、マライアと駆け落ちしなければならないのか。ヘンリーは一時的であるにせよ彼なりに真剣にファニーに恋をしている。ファニーの影響を受けたのであろう、ファニー自身「彼が確かに向上していた」（四〇六）ことを認めている。第三巻第十二章の終わりでファニーはヘンリーと結婚することを空想し、最終章で語り手は「彼が耐えていれば、しかも正しく耐えていれば、ファニーが彼の褒美になっていたに違いない」（四六七）とも述べている。ここでカサンドラがオースティンにファニーとヘンリーの結婚で小説を終わらせるよう求めていたことを想起してもよい。[20] セシルは、ヘンリーが同情すべき人物となり、プロットの唯一の論理的な結末は彼とファニーとの結婚だとさえ述べている。[21] ファニーとヘンリーが結婚する可能性やそのような期待はあったのである。オースティンが二人の駆け落ちを説得力をもってえがいているとは言えない。

ジュリアとイェイツの駆け落ちも、唐突な印象をあたえる。ジュリアは「ますますつのる厳格さと束縛」という「差し迫った恐ろしい事態」（四六六）を避けるため慌てて駆け落ちを決心したのであり、「マライアの罪がジュリアの愚行を引き起こした」（四六七）というのが一応の説明なのだが、これも説得力を欠く。ジュリアはイェイツが言い寄るのを許していたが、彼を受け入れるつもりなどほとんどなかったからである。実際、これまでに二人の駆け落ちを予想させるようなことはほとんど何も書かれていない。ヘンリーとマライアの駆け落ち同様、この駆け落ちも舞台裏で起こる。この点でも二組の駆け落ちは説得力を欠いているのである。

サー・トマスは「親としての自らの行動の過ち」（四六一）について大いに反省するが、それは同時に彼が父親としていかに不完全であったかの証左でもある。マライアの結婚については、「利己心と世間的な知恵」（四六一）に支配されていたことを反省している。「娘の教育の過ち」については、「実践的な道義」が欠けていたこと、自分の気持ちや気分を抑える「義務感」を教えなかったこと、「上品さ」「稽古事」「知力」「作法」を重視し、「気質」「自制」「謙遜」（四六三）を軽視したことを反省する。サー・トマスの反省内容が、すなわちオースティンの主張であることは言うまでもない。

トムの病気とグラント博士の死もハッピー・エンディングに貢献している。トムは病気の結果「無思慮やわがままという昔の癖」がなくなった。「彼は本来あるべき姿となり、父親に役立ち、着実で物静かになり、自分のためにだけ生きるということはなくなった」（四六二）のである。グラント博士はウェストミンスター寺院の聖堂参事会員となり、それを祝う大晩餐会のため卒中をおこして亡くなる。その結果エドマンドはマンスフィールドの聖職禄を手に入れ、マンスフィールドの牧師館に移ることができたのである。いずれの出来事も好都合すぎるとは言えないだろうか。ここにも無理をしてでもマンスフィールド的価値観の勝利で終わらせようというオースティンの意志が働いているのである。

マライアとミセス・ノリスはもっとも厳しく断罪されている。マライアはラッシュワースと離婚し、ヘンリーとも別居する。ミセス・ノリスはサー・トマスの信用を完全に失い、マンスフィールドでは誰からも相手にされなくなってしまう。ミセス・ノリスはマライアをマンスフィールドに引き取ることを願うが、サー・トマスは断固として拒否する。結局ミセス・ノリスがマンスフィールドを去り、別の州でマライアと暮らすことになる。こうしてマンスフィールドへの侵入者であるクロフォード兄妹とともに、反マンスフィールド的倫理観の持ち主であるマライアとミセス・ノリスがマンスフィールドを追放されるのである。

すべてのこと、とりわけヘンリーとマライアの駆け落ちが、積極的には何もしないファニーに有利にはたらく。二人の駆け落ちにかんするメアリーの考えを聞いて、エドマンドはようやくメアリーの本質に気づく。彼女は「二人の馬鹿さ加減」（四五四）に怒り、駆け落ちそのものではなく、それが露見したことを非難するだけなのだ。彼女はヘンリーを受け入れなかったファニーにすべての責任があると考え、ヘンリーとマライアを結婚させることでことを取り繕うとするのである。このようなメアリーに愛想をつかし、エドマンドはついにメアリーと決別する。

メアリーに心を奪われていたとはいえ、ほぼ十年間一緒に暮らしてきてファニーの愛に気づかず、ヘンリーとの結婚を薦めさえしたエドマンドが、メアリーと別れたすぐあと、最後からほんの数ページのところで、ファニーとの結婚を切望するようになる。作者は「この変化ほど自然なことがありうるだろうか？」（四七〇）と述べているが、果たしてそうだろうか。この変化はかなり強引だと考えるのが自然であろう。ここにも無理をしてでもハッピー・エンディングで終わらせようというオースティンの意志が働いているのである。

ファニーを引き取るにあたって、サー・トマスが最初に心配したことは彼女が従兄弟と恋をするのではないかということであった。しかしサー・トマスは、そのような懸念とは裏腹に、二人の結婚を歓迎し、ファニーが娘になることに満足する。このことはサー・トマスがマンスフィールドには精神的後継者が必要であり、ファニーこそそれにふさわしいことを認めたことを意味している。そのようなものとしてファニーはエドマンドとともにマンスフィールドの牧師館に移り住む。クロフォード兄妹、ミセス・ノリス、マライアは追放され、マンスフィールドに秩序が回復されるのである。

オースティンは『マンスフィールド・パーク』においてマンスフィールド・パークやファニーが象徴する伝統的な価値観やモラルの正当性を主張した。しかしこの小説は同時にそれらがいかに危ういかをもしめしている。マンスフィールド・パークは決して絶対的な存在ではない。まず第一にサー・トマスがアンティグア島へ行かなければならなかったことは、マンスフィールド・パークの経済的基盤が不安定であることを意味している。

口減らしのために引き取られたファニーのような人物がマンスフィールド・パークの精神的後

継者となることには、それなりの理由がある。つまりマンスフィールド・パークにはファニーのような強い精神性をそなえた人物がいないのである。怠惰を絵にしたようなレディ・バートラム。「軽率で金遣いが荒く、すでに父親に随分と心配をかけている」（二〇）長男のトム。「自己認識、寛大さ、謙虚さという才能」（一九）を欠き、駆け落ちまでするマライアとジュリア。マンスフィールド・パークの精神性はサー・トマスとエドマンドによってかろうじて維持されているのだが、この二人も決して完璧な人間ではない。エドマンドは素人芝居に参加し、本気でメアリーと結婚しようとし、ファニーにヘンリーとの結婚を薦める。サー・トマスは子供の教育に失敗し、マライアとラッシュワースの結婚を許し、ファニーにはヘンリーとの結婚を薦める。この小説は、見方を変えれば、サー・トマスがマンスフィールドの家長としていかに不適格であったかをえがいた物語でもあるのだ。だからこそマンスフィールド・パークはファニーのような人物を必要としているのである。[22]

『マンスフィールド・パーク』はつぎの一節で終わっている。

そのときにファニーとエドマンドはマンスフィールドに移りました。そしてそこの牧師館は、これまでの二人の持主のときには、ファニーが近づくときには遠慮や恐れといった何か辛い気持ちになったのですが、マンスフィールド・パークの視界と保護のもとにあるものがすべて長いあいだそうであったように、すぐに彼女の心にはいとしく、彼女の目にはまったく完璧なものとなったのです。(傍点筆者)(四七三)

ここにえがかれたマンスフィールド・パークを中心とする世界は、一見、穏やかな、安定した世界である。しかし「彼女の心には」「彼女の目には」という言葉は、その世界が絶対的に安定した世界ではないことを暗示している。[23] 実際、すでに見たように、二つの価値観がせめぎあう素人芝居と十字架のエピソードが機械仕掛けの神とも言える幸運な偶然によって解決されていること、そしてハッピー・エンディングで終わらせるために、オースティンが結末でかなり無理をしていること、これらのことはファニーやマンスフィールド・パークによってあらわされる価値観やモラルが絶対的なものではなく、それらに対立する価値観やモラルに脅かされていることを物語っている。『マンスフィールド・パーク』の世界は、不安定さを孕んだ安定した世界なのである。この不安定さは、クロフォード兄妹あるいはサー・トマスのアンティグア島行きやファニーの「奴隷貿易」(一九八)にかんする発言によって暗示されている、マンスフィールド・パークの外の世界の不安定さを反映したものであろう。オースティンはマンスフィールド的なものを支持しつつも、それが決して絶対的なものではないことを認識していた。『マンスフィールド・パーク』はこのことを物語っているのである。

第五章
現実認識と共同体の秩序
——『エマ』

1

『エマ』は一八一五年に出版され、摂政皇太子の司書であるジェイムズ・スタニア・クラークの命令とも言える助言にしたがって、摂政皇太子に献呈された。このときまでにオースティンは『分別と多感』『高慢と偏見』『マンスフィールド・パーク』をすでに出版していた。『エマ』はオースティンの円熟期の作品として一般に高く評価されている。[1]

この時期のオースティンとクラークの遣り取りは、彼女の創作態度、とりわけ『エマ』に対する創作態度を知るうえで有益な手がかりをあたえてくれる。[2] クラークは彼自身をモデルにして、牧師の生活について書くことを提案するが、オースティンは「女性作家になろうとした、もっとも無知で無教養な女性」（L 三〇六）には牧師の生活――善良さ、情熱、文学的なところ、科学や哲学の話題――をえがくことはとてもできない、と言って断っている。クラークは性懲りもなく歴史ロマンスを書くことをすすめるが、それに対して彼女はこう答えている。

サックス・コバーク家にもとづいた歴史ロマンスのほうがわたしのえがく田舎の村の家庭生活の姿よりも利益や人気のためになることはよく承知しています。しかしわたしには叙事詩を書けないのと同様にロマンスを書くことはできません。（略）やはりわたしはわたし自身のやり方を守り、わたし自身の道を進まなければなりません。そのやり方ではもう成功しないかもしれませんが、ほかの方法では完全に失敗することを確信しています。（L 三一二）

自分の知っていることしか書かない。自分のやり方でしか書かない。これがオースティンの創作態度なのだ。「田舎の村の三つか四つの家族こそ小説の題材にはうってつけなのです」（L 二七五）という有名な言葉も、この手紙が『エマ』の執筆中に書かれていることや『エマ』の内容を考えれば、この小説を念頭においた発言と思われる。[3]『エマ』はオースティンの創作態度を忠実に実践した作品なのである。『ノーサンガー・アビー』が小説とはどうあるべきかを意識して書かれた作品だとすれば、『エマ』はまさしく自分の小説はどうあるべきかを意識して書かれた作品だと言えよう。

『エマ』の特徴の一つは、一つの共同体のみを舞台としていることである。ほかの小説においては、ヒロインが空間的に移動する。たとえばキャサリン・モーランドはノーサンガー・アビーに、ダッシュウッド姉妹はロンドンに、エリザベス・ベネットはペンバリーに、ファニー・プライスはポーツマスに、アン・エリオットはバースに移動する。そこで彼女たちは新たな経験を経て、精神的に成長する。しかしエマがハイベリーの外にでることはない。[4] 作者がハイベリーの外の世界を直接えがくこともない。さきに触れたように、『エマ』は、「田舎の村の三つか四つの家族」という言葉がもっとも当てはまる作品なのである。

『エマ』は共同体における個人を強く意識して書かれた作品であり、ほかの作品以上に共同体が具体的かつ詳細にえがかれている。たとえば、第二巻第九章で、フォードの店の前に立つエマの目を通して活写されるハイベリーの町の描写は、ほかの作品には見られないものである。[5] この小説にはハイベリーという共同体を構成するさまざまな階級を代表する人物が登場する。[6] ヒエラルキーの頂点に位置するジョージ・ナイトリーとウッドハウス父娘、財を成すことによって地位をあげたミスター・ウェストンやミスター・コール、逆に落ちぶれてしまったベイツ母娘、俗物のミセス・エルトン、私生児のハリエット・スミス、彼女が在籍する女学校の校長であるミセス・ゴタード、農夫のロバート・マーティン、ガヴァネスになることを運命づけられた孤児のジェイン・ファエファックス、コテージに暮らす貧しい人々、ジプシーなどである。ペリー医師はもちろん、存在していても無視されることの多い使用人たちにも固有名詞があたえられていることは注目に値する。たとえば、ジェイムズはウッドハウス家の使用人、ナッシュ、プリンス、リチャードソンはミセス・ゴダードの学校の教師、パティはベイツ家の使用人、ライトはエルトン家の使用人である。

言うまでもなく、オースティンは観念的な共同体をえがいているわけではない。エマがエルトンの求婚を拒否したあとのエマ、エルトン、ハリエットについて、語り手はつぎのように述べている。

> 彼らが同じ土地に住んでいること、どうにも身動きがとれないことは、三人それぞれにとって困ったことだった。誰一人として引っ越すことはできなかったし、実質的に交際相手を変えることもできなかった。おたがいに顔をあわせ、何とかやっていかなければならないのだ。（一四三）

これが『エマ』の登場人物や作者にとっての現実なのだ。現代のわれわれにとっても、おそらく事情は同じことであろう。個人は社会的な存在でしかあり得ないというオースティンの現実認識でもある。
ハイベリーは決して固定した社会ではない。とくにオースティンがおもにえがくジェントリーは流動的である。[7] さきに見たように、ウェストンやコールのように地位を上げたものもいれば、ベイツ母娘のように地位を落としたものもいる。ハイベリーは一見孤立しているように見えるが、決して孤立しているわけではない。両親が分からないまま、学校に預けられた私生児のハリエット・スミス、二年ぶりにハイベリーを訪れる孤児のジェイン・フェアファックス、ハイベリーを離れておじ夫妻に育てられたフランク・チャーチル、ハイベリーにきて日の浅いエルトン、[8] ブリストル出身のミセス・エルトン、これらの人物はハイベリーという共同体への侵入者であり、彼らこそが共同体のモラルや秩序に揺さぶりをかけるのである。
『エマ』は、オースティンの小説のなかで、ヒロインの名前がタイトルとなっている唯一の小説である。『分別と多感』と『高慢と偏見』では対立する観念が、『ノーサンガー・アビー』と『マンスフィールド・パーク』では土地・建物の名前が、そして『説得』では作品の内容がそれぞれタイトルとなっている。『エマ』においては、タイトルからも明らかなように、エマに重点が置かれているのであり、小説の多くはエマの視点から語られている。[9]
『エマ』では、ハイベリーへの侵入者や彼らが引き起こす出来事に対するエマの錯誤、その結果引き起こされる共同体のモラルや秩序の混乱、そしてエマが正しい現実認識にいたることによってモラルや秩序が最終的に再構築されるさまがあくまで喜劇的にえがかれているのである。

2

オースティンがエマについて「わたしのほかには、誰もあまり好きになれそうもないヒロイン」[10]と言ったことはよく知られている。この言葉によってオースティンが具体的にどのようなことを意味していたのかは必ずしも明らかではない。エマが階級意識、自己中心性、自惚れ、虚栄心などの持ち主であることを意味していたのかもしれない。確実に言えることは、エマがほかのヒロインとは比べものにならない特権的な境遇におかれていることである。たとえば、エマはハリエットに自分は現在も将来も結婚するつもりはない、結婚すれば必ず後悔する、と明言する。

「わたしには普通女性を結婚する気にさせるものが何もないの。(略)財産なんてほしくないわ。仕事もほしくないわ。それに社会的地位もほしくないわ。わたしはハートフィールドの女主人として思い通りにしているけれど、結婚した女性で夫の家をわたしの半分も思い通りにしている人はほとんどいないと思うの」。(八四)

ハリエットが「でも、最後にはミス・ベイツのようなオールドミスになってしまいます！」（八四）「でも、オールドミスになってしまいます！　なんて恐ろしい！」（八五）と言うと、そんな心配はまったく無用だと言う。

「気にしないで、ハリエット。わたしは貧しいオールドミスにはなりません。上流の人たちが独身女性を軽蔑するのは貧しいからよ。ごくわずかな収入しかない独身女性は滑稽で、不愉快なオールドミスにちがいないわ。子供たちの格好のからかいの的よ。でも、十分な財産のある独身女性はいつも立派で、誰にも劣らず分別があって感じのいいものだわ」。（八五）

さらにつづけてエマは年をとってからも（四十、五十歳になっても）頭は活発で、することもあり、愛情の対象としては甥や姪がいるので問題はないと言う。ここにはミス・ベイツのような、収入の少ないオールドミスに対する思いやりや同情は微塵もない。もちろんエマが結婚しようとしないのは、健康を異常に気にする父親の世話をしなければならないからでもある。[11] しかし、それにしても、女性にとって結婚がきわめて重要な意味をもっていたこの時代に、このようなことを明言するヒロインはほかにはいない。エマはほかのヒロインと比べて圧倒的な特権——社会的地位、財産、知性、容貌など——をもっているのだ。住み慣れた屋敷を追い出されるダッシュウッド姉妹や口減らしのためにおばに預けられたファニー・プライスとの差は歴然としている。しかし、エマのこのようなきわめて恵まれた境遇こそが彼女の弱点でもある。彼女は自分にとって都合のいいように物事を判断し、正確に、客観的に現実を認識することができない。「わたしが見ているものは、わたし自身が創ったもの」(三四四)というクーパーの詩の一節は、ナイトリーよりもむしろ「イマジニスト(空想家)」(三三五)であるエマにこそふさわしい。

エマを紹介する作品冒頭の文章は、このような事情を実に巧みに伝えている。

エマ・ウッドハウスは、美しく、聡明で、そのうえ裕福で、気持ちのよい家庭と明るい気質にも恵まれ、この世の幸せを一身に集めているように見えた。もうすぐ二十一歳になるが、彼女を苦しめたり悩ませたりするようなことはほとんどなかった。(五)

「見えた」(seemed)が実に効果的だ。この語は実際にはこの世の幸せを一身に集めていないことをほのめかし、つぎの文章はこれから彼女を苦しめたり悩ませたりするようなことが起こることを暗示しているのである。[12] そして四番目のパラグラフで「実際にエマの境遇で本当に困ったことと言えば、自分の思い通りにできる力をもちすぎていることと自分を少しよく思いすぎることだ」(五)とエマの弱点がはっきりとしめされるのである。

『エマ』は三巻から構成されている。第一巻ではおもにエマのハリエット、マーティン、エルトンに対する錯誤が、第二巻ではおもにジェインとフランクに対する錯誤が、そして第三巻ではエマがこれらの錯誤から覚醒し、混乱した秩序が再構築されるまでがえがかれている。

十六年間、エマのガヴァネスをつとめたミス・テイラーがウェストンと結婚し、ハートフィールドを去る。「この変化にどう耐えればいいのだろう?」(六)これがエマにとっての大問題であった。一つにはこの問題を解決するために、つまりミス・テイラーがいなくなった寂しさを紛らわすために、ミス・テイラーとウェストンの縁組の「成功」(一二)に味をしめたエマは、ナイトリーが反対するにもかかわらず、エルトンの縁組を目論む。

そんなときにエマの前にハリエットがあらわれる。ハイベリーへの最初の侵入者である。ハリエットは誰かの私生児で、誰かが数年前にミセス・ゴダードの学校に預け、誰かが最近一般の寄宿生から特別寄宿生に格上げしたのだった。ハリエットについて分かっているのはそれだけである。最後の章で彼女が「商人の娘」(四八一)であることが明かされるが、エマは彼女が「紳士の娘」(三〇)に違いないと決め込んでしまう。

ハリエットは従順で、エマの優越感を満たし、ミス・テイラーがいなくなった寂しさを紛らわすには打ってつけ人物である。ハリエットの容姿もマナーもすっかり気に入ったエマはこう決心する。

励ましをあたえるべきだ。あのやわらかな青い目や生まれつきの優雅さをハイベリーの下層の人たちとの交際で台無しにしてはならない。彼女がこれまでつきあってきた人たちは彼女にはふさわしくない。（略）わたしが気をつけてあげよう。わたしが彼女を向上させてあげよう。彼女を身分の低い知り合いから引き離し、立派な人たちに紹介してあげよう。彼女の意見や態度をわたしが作ってあげるのだ。それは興味深く、確かにとても親切な仕事だ。わたしの立場、余暇、力にとてもふさわしい仕事だ。（二三－四）

エマはハリエットを自分の思い通りに操り、自分の思い通りの人間にしようとしているのであり、その根底にあるのは彼女の階級意識である。もちろん「ハートフィールドやミス・ウッドハウスに頼らなくてもいいほどに、しっかりとした上流社会の一員にしてあげたいの」（三一）という気持ちもあるだろう。ハリエットは、しかし、紳士の娘ではなく商人の娘であり、ナイトリーが指摘するように、エマが引き離そうとしている「彼女がこれまでつきあってきた人たち」こそハリエットにはふさわしいのだ。

ナイトリーやオースティンがマーティンに好意的で、彼を高く評価しているのとは対照的に、エマはマーティンを蔑視している。マーティンのことを楽しげに話すハリエットに、「馬に乗っていようと歩いていようと、若い農夫なんてまったくわたしの興味をひかないわ。自作農なんてまさに自分とは無関係と思える人たちですもの」（二九）とエマは冷水を浴びせるようなことを言う。さらにつづけて「これから六年後、彼が同じ地位で、少しお金をもっている娘と出会えれば、それがとても望ましいことだわ」。「あなたは不幸な生まれなのだから、つきあう人には特に注意しなければなりません。あなたが紳士の娘であることは間違いありません。だからできるかぎりその身分を守るようにしなければいけないわ。そうしないと、あなたを引きずりおろして喜ぶ人がたくさんでてくるでしょう」（三〇）と畳みかける。要するにエマはハリエットがマーティンと結婚することを牽制しているのだ。彼女はマーティンを諦めさせるために、ハリエットとエルトンを結婚させることを画策するのである。

ハリエットがマーティンに明らかに好意を抱いているにもかかわらず、エマはハリエットにマーティンの求婚を断らせ、彼女をエルトンと結婚させようとする。なぜエマはそのようなことをするのであろうか。一つには、さきに触れたように、ミス・テイラーがいなくなったために生じた「精神的な孤独」（七）を紛らわすためである。特権的な地位にあるエマには、自分より地位の低いものを思うように操りたいという支配欲もあるだろう。ハイベリーに「対等の相手」（七）を見出すことができず、恋愛も結婚もしないと言うエマは、ハリエットに自己の恋愛や結婚の代理をさせようとしたのかもしれない。

エマがハリエットをマーティンではなくエルトンと結婚させようとする最大の原因は、エマの階級意識である。結果的に混乱を引き起こすことになるが、エマは彼女なりに共同体の秩序を維持しようとしたとも言える。エマに言わせれば、ハリエットのような紳士の娘、「もう少しの知識と優雅さがあれば完璧となる娘」（二三）がマーティンのような農夫と結婚することによって身を落とすようなことがあってはならないのである。さらにエマは、ハリエットがマーティンと結婚することによって、ハリエットと自分との関係が途絶えることも恐れたのであろう。マーティンの求婚を断ることに決めたハリエットに向かってエマはつぎのように言う。「アビー・ミル農場のミセス・ロバート・マーティンを訪ねることなどできなかったでしょう」。（五三）「あなたは上流社会を飛び出していたでしょう。わたしはあなたを諦めなければならなかったでしょう」。（五四）「あなたが一生無知で下品な人たちの社会に閉じ込められてしまうなんて！」（五四）エマにはマーティンのような人たちとつきあうことなど考えられないことなのだ。[13] もちろん、エマ自身マーティンの手紙が立派なものであることを認めていることからも明らかなように、彼は無知でもなければ下品でもない。己の特権的な地位、支配欲、思い込み、代理人による結婚願望、そして階級意識などのために、エマは正確な現実認識ができなくなっているのである。

エマとハリエットは「ハイベリーから少し離れたところに住む、病人を抱えた貧しい一家」（八三）を慈善訪問する。[14] 一頁ほどの、このごく短いエピソードはプロットのうえで必ずしも必要ではなく、『エマ』のなかで異質でもあるが、ハイベリーという共同体の底辺をしめすとともに、エマや作者の貧しい人々に対する考えや態度を知るうえで重要である。オースティンはそのような人々の存在を意識していなかったわけではない。「エマは彼らのやり方を理解し、彼らが無知で誘惑に弱いことを考慮し、教育の効果もほとんどない彼らに並はずれた美徳があるというロマンティックな期待もしていなかった」（八六）という描写は冷徹だ。エマが貧しい人たちを理想化するようなことはない。エマは同情をもって慰めや助言をあたえたと書かれてはいるが、その詳細がえがかれているわけでもない。エマは今日一日「あの可哀そうな人たち」（八七）のことを忘れられそうもないと言うが、舌の根の乾かぬうちに、エルトンの姿が目に入るとハリエットにこう語る。

「ああ！　ハリエット、立派な考えがいつまでつづくか、突然試されることになったわ。ねえ、（笑いながら）、同情が苦しむ人たちに対する尽力と救済を生みだしたとすれば、本当に大切なことはすべて行われたと考えていいのではないかしら。惨めな人たちに同情し、できるだけのことをしてあげたら、それ以上の同情は意味がなくて、わたしたちを苦しめるだ

けだわ」。(八七)

「(笑いながら)」が意味深長だ。同情し、できるだけのことをすれば、それでいいのではないか、というのがオースティンの態度なのだ。オースティンは下層階級の人たちに対する上流階級の人間の義務(*noblesse oblige*)の必要性を認めてはいたが、彼らのことを真正面から問題にすることはない。ここにオースティンの限界があるという指摘は的外れとは言えない。

ナイトリーはエマに欠点を指摘できる唯一の人物である。彼は、十歳のエマが十七歳の姉が答えられない問題に答えられたことを「不幸」(三七)と呼んでいる。一家のなかでもっとも頭が切れるために甘やかされ、自信過剰に陥ることになったからだ。エマはミス・テイラーとウェストンの縁組をまとめたと自負するが、ナイトリーは「幸運な推測」(一三)をしたに過ぎないと指摘する。彼はエマがハリエットと親しくすることにも反対する。どちらのためにもならないからだ。ハリエットはエマにへつらうだけであり、エマにとってハリエットは「エマがもちうる最悪の友達」(三八)でしかない。ハリエットは彼女が属する階級の人たちと交際すべきであり、エマと交際したところで何も得るものはないのである。

エマがハリエットにマーティンの求婚を断らせたことをめぐって、二人は激しく口論する。エマは、農夫であるマーティンよりも「財産のある紳士」(六二)の娘であるハリエットのほうが社会的地位が上であり、ハリエットがマーティンと結婚することは身分を下げることだと主張する。一方ナイトリーは、良識、境遇、生まれ、性質、教育、財産、どの点においてもマーティンのほうが優れていると主張する。彼に言わせれば、マーティンは「立派で、知性のある紳士とも言える農夫」（六二）なのだ。彼はエマに「いまハリエットが優越感をもっているとすれば、きみがその優越感を植えつけたのだ。きみはハリエット・スミスの友人だったとは言えないよ、エマ」（六三）と非難する。

ナイトリーの主張が正しく、エマの主張が正しくないことは言うまでもない。エマは現実認識が間違っていたこと、そして何よりもハリエットに根拠のない優越感を植えつけてしまったことを思い知らされることになる。この時点で二人の主張は対立しているが、重要なことは、二人とも階級を固定的に捉え、秩序を維持しようとしている点では共通していることである。

さきに触れたように、エマはハリエットとエルトンを結婚させようとするが、自分が彼の恋愛対象であることにはまったく気づいていない。エマはエルトンの行為や意図をことごとく誤解する。エルトンはエマがえがいたハリエットの肖像画をほめるが、ハリエットに気があるからではなく、エマに気があるからである。エルトンが額を選ぶためにロンドンに行くのも、もちろんエマのためである。冷静に考えれば、エルトンのシャレード（謎解き詩）がエマを意図して書かれたことは明らかだが、エマはそれをハリエットへの「求婚」（Courtship）（七二）と誤解する。

ジョン・ナイトリーはエルトンがエマに恋をしているかもしれないと忠告するが、「事情を一部しか知らないことからしばしば生じる間違い」（一一二）として一蹴する。

ウェストン夫妻のパーティからの帰りの馬車のなかでエルトンから激しく求婚されたとき、エマは初めて己の間違いに気づく。エルトンはエマに、エマのことだけを考えていた、自分の気持ちは分かっているはずだ、ミス・スミスなどまったく問題外だと激しくせまる。

「誰にだって分相応というものがあります。でも、ぼく自身はそれほど困ってはいません。ミス・スミスに求婚するほど対等の相手に絶望することはないでしょう。そうです、ぼくがハートフィールドを訪ねたのは、ただあなたのためなのです。それに励ましを受けました」。（一三二）

ここでエルトンは、結婚相手としてハリエットは地位が低すぎる、エマが「対等の相手」だと言っているのである。彼も階級意識の強い人間であり、エマが彼とハリエットを結びつけようとしたことによって、侮辱されたと感じているのだ。エルトンは「軽率な結婚」などしない、「彼は自分を安売りするつもりはない」（六六）というナイトリーの指摘、そしてエルトンはエマに恋しているかもしれないというジョン・ナイトリーの警告は正しかったのだ。

エルトンに求婚されたエマは、思い違いをしていたこと以上に、エルトンごときが求婚したことにショックを受ける。エルトンの言葉にも態度にも本当の愛情などなかった。うまく結婚して、社会的地位を高め、金持ちになりたかっただけだ。エルトンごときが「三万ポンドの相続人、ハートフィールドのミス・ウッドハウス」（一三五）に求婚するとは何事か。エマはつぎのように考える。

親戚関係や精神において彼がわたしと対等だと考えるなんて！　友人のハリエットを見下し、自分より下の階級のことはよく分かっていながら、自分より上の階級のことは何も分からず、わたしに言い寄っても厚かましいと思わないとは！　まったく腹立たしい」。（一三六）

エマが強く感じたのは格下のエルトンに求婚されたことに対する腹立たしさである。もちろんこれはエマの強い階級意識に起因しているのだが、エルトンの求婚がハイベリーの秩序を乱しかねない行為であることを忘れてはならない。

現在の感覚からすれば、エマの強烈な階級意識は非難されるかもしれない。しかし、オースティンの生きた時代やイギリスが階級社会であることを考えれば、階級意識を完全に払拭できないにしても、エマが間違いを犯す度に反省し、成長しようとしている点は積極的に評価されてよい。このことがエマを憎めないヒロインにしている一つの要因でもある。「ハリエットにとって何という打撃だろう！　それが一番つらいことだ」。「ハリエットを説得してあの男を好きにさせたのでなければ、どんなことにでも我慢できる。わたしに対する無礼が二倍になってもかまわない。それにしても、可哀そうなハリエット！」（一三四）エマはこのように反省するが、反省は不十分であり正しい現実認識にいたったわけでもない。エマは依然としてマーティンの求婚を断らせたこと自体は間違っていなかったと考えている。他人の縁組など二度としないと決心したそのすぐあとで、ウィリアム・コックスはどうかしらと考え、顔を赤らめ、笑いだすのである。これもまたエマの魅力なのであろう。

3

第二巻では三人の人物がハイベリーに侵入し、共同体の秩序に混乱をもたらす。ジェインはキャンベル大佐一家のアイルランド旅行には同行せず、二年ぶりにハイベリーを訪問する。ジェインと再会したエマはとりわけ彼女の容姿とマナーに心を打たれる。「ジェイン・フェアファックスはとても優雅で、それも目を見張るほど優雅だった」。（一六七）背丈、姿、目鼻立ち、目、肌の色、どれをとっても申し分なかった。ロンドンで「優れた教育」（一六四）を受け、心も知力もよい感化を受けていた。エマ自身認めているように、ピアノや歌もエマよりもすぐれていた。ジェインは決してエマに引けを取らない、あるいはエマを凌ぐ女性なのだ。しかし、ジェインの境遇はすでに指摘したエマの特権的な境遇とは対照的である。孤児であるジェインはいずれキャンベル大佐一家から離れ、ガヴァネスとして自立しなければならないのである。彼女の決意は悲壮だ。

彼女は長いあいだ二十一歳になれば自立しようと心に決めていた。熱心な見習修道女のような不屈の精神で、二十一歳になれば献身を完全なものとし、人生、分別ある交際、平等な付き合い、安らぎと希望、これらの愉しみから身を引き、永久に苦行と禁欲をつづける決意だった。（一六五）

ジェインの苦境は、当時の多くの女性の苦境でもあったのであろう。のちにジェインはガヴァネスと奴隷とでは、どちらがより悲惨か分からないという意味のことも述べている。ガヴァネスは当時の女性が就ける唯一の職業であり、ガヴァネスから逃れるには結婚するしか方法がなかった。もちろんフランクへの愛情もあるが、このような状況にあったからこそ、彼女はモラルに反してまで、フランクのような男と秘密の婚約をしたのであろう。極端な言い方をすれば、ジェインのような立派な女性がフランクのようなつまらない男性と結婚するという現実こそオースティンの言いたかったことなのである。ジェインのような女性がフランクのような男に恋をし、愛しつづけているのは不自然だという批判[15]は当たらない。

　エマはジェインを好きになることができない。ジェインが冷淡で打ち解けず、ミス・ベイツが彼女のことをしゃべりまくることに辟易していることも原因であろう。ナイトリーは、「エマがジェインのなかに本当に教養のある若い女性を認め、自分自身がそう思ってもらいたいからだ」（一六六）とより本質的な原因を指摘している。ナイトリーがフランクに対抗心を抱いているように、エマはジェインに対抗心を燃やしているとも言える。ジェインは、ハリエットとは異なりエマの思い通りにならないだけでなく、ハートフィールドにおけるエマの地位を脅かしかねない存在であるからだ。

　ジェインにつづいて、フランクがハイベリーに登場する。フランクはオースティンの小説のほかの悪漢――ジョージ・ウィッカム、ジョン・ウィロビー、ヘンリー・クロフォード、ウィリアム・ウォルター・エリオット――ほどの悪事をはたらくわけではないが、さまざまな人に影響をあたえ、ハイベリーに混乱を引き起こす。彼はジェインとの秘密の婚約を隠すため、彼女の目のまえで、エマと戯れの恋を過度に演じる。ジェインは嫉妬し、婚約を解消し、本気でガヴァネスになることを決意したほどだ。ミセス・ウェストンへの手紙で、フランクは、エマが本気ではなく、多分真実に気づいていると考えたから戯れの恋をつづけたと弁明しているが、エマを利用したことに変わりはない。ウェストン夫妻がエマとフランクの結婚を期待したことも事実だ。文字遊びでは、「間違い」(blunder)という語を組み合わせてジェインをからかい、さらに「ディクソン」(Dixon)(三四八)という語を組み合わせてジェインとエマの二人をからかっている。[16] これはやり過ぎであろう。フランクは決して誠実な、信頼できる人物とは言えないが、彼をそれほど憎めないのは、彼がチャーチル夫妻の養子であり、ミセス・チャーチルの言いなりにならざるを得ないからであろう。この意味では彼も弱い立場に置かれているのだ。

ウェストン邸とクラウン亭の舞踏会にかんする計画をめぐって、フランクの本質が明らかになる。ナイトリーやエマは階級について固定的に考えているが、フランクは「いろいろな階級が混ざることの不都合さ」(一九八)を認めようとはしない。語り手も「階級の混乱に対する彼の無関心は、気品を欠くと言ってもいいほどだ」(一九八)と述べている。さらに彼は二つの部屋のドアを開け放つという隙間風を無視した提案をしたり、ペリー医師を軽視するような発言をして、ハイベリーでもっとも敬意を払われるべきミスター・ウッドハウスの怒りをかっている。やはり彼は共同体に混乱を引き起こしているのである。「あの若者はまったく思慮を欠いている。

（略）あの若者はどうかしている」（二四九）というミスター・ウッドハウスの言葉は、直接的には隙間風を無視したフランクの提案に対するものだが、彼の本質にかんする意外と適切な評価とも言えるのである。[17]

フランクに対するエマとナイトリーの態度は対照的である。エマはフランクに対してきわめて好意的だ。フランクがハイベリーに来るまえから、「もしわたしが結婚するとすれば、年齢、性格、社会的地位からいって、彼こそふさわしい相手だ」（一一九）と考えていた。一方ナイトリーはフランクに対してきわめて批判的である。たとえば彼はフランクがランドルズ訪問を延期したことで彼を激しく非難する。語り手は「どうしてナイトリーが怒っているのか、エマには理解できなかった」（一五〇）と述べているが、理由は明らかである。ナイトリーはフランクに嫉妬しているのである。

エマはジェインとフランクにかんしても現実認識を誤る。エマはジェインとディクソンの不倫を疑い、ピアノの贈り主はディクソンだと考える。エマ自身自覚しているように、彼女は本気でフランクに恋をしているわけではないが、フランクと戯れの恋を演じつづける。そして彼女は真実を知る決定的なチャンスを逃してしまうのである。ミセス・チャーチルの病気のためハイベリーを去らなければならなくなったフランクが別れの挨拶をするためにエマを訪ねてきたときのことである。

フランクはためらって、立ち上がり、窓のほうへ歩いていった。

「要するに」とフランクは言った。「多分、ミス・ウッドハウス――お気づきだとは思うのですが――」

彼女の考えを読み取ろうとするかのように、彼は彼女を見つめた。彼女は何と言っていいのか分からなかった。それは彼女が望んでいない、とても重大な何かの前触れのように思われた。だから、話をそらすために無理に口を開いて、穏やかな口調で言った。

「それでよかったのですわ。そのときベイツ一家を訪問なさるのが当然のことでしたわ」。

（二六〇―一）

ここでフランクはエマにジェインと婚約していることを告白しようとしたのだ。しかしエマはフランクが自分への愛を告白しようとしたのだと誤解してしまう[18]。そして彼女は、エルトンの場合ほど露骨ではないが、あろうことか、ハリエットとフランクの縁組を目論む。そしてそのことが思いもよらぬ結果を招くことになるのである。

ミセス・エルトンにかんしてエマが現実認識を誤ることはないが、彼女も共同体の秩序に揺さぶりをかける。ミセス・エルトンについて注目すべきことは、彼女が奴隷貿易と明らかに結びついていることである。彼女の出身地であるブリストルは当時の奴隷貿易の中心地であった。彼女の旧姓であるオーガスタ・ホーキンズは奴隷貿易商人として知られていたサー・ジョン・ホーキンズを連想させる。[19] ジェインがガヴァネスの斡旋所というつもりで「人間の肉ではなくて──人間の知性を売るための斡旋所」（三〇〇）と言ったとき、彼女は過剰に反応する。

「まあ！　あなた、人間の肉ですって！　びっくりさせないでよ。奴隷貿易を非難するつもりなら、言っておきますけれど、ミスター・サックリングはいつも奴隷制廃止の味方でしたわ。（三〇〇）

ミセス・エルトンの反応は彼女が奴隷貿易を強く意識していることをしめしている。作者が彼女と奴隷貿易を結びつけていたことは間違いない。さらに、それぞれの名前からも明らかなように、ナイトリーとフランクはそれぞれイギリスとフランスを強く連想させる。[20] このようなことを考え合わせれば、『エマ』という小説は小さな共同体だけでなく、より広い世界をも視野に入れた作品として捉えることもできよう。

ミセス・エルトンは、イマジニストのエマといえども誤解できないような、正真正銘の、成り上がり者の俗物である。彼女はエマに向かって平然と「ミセス・ウェストンはあなたのガヴァネスだったのでしょ？」（二七八）と言う。夫のことを「ミスター・イー（Mr. E）」（二七六）とか「カロ・スポソ（caro sposo）」（愛しい夫という意味のイタリア語）と呼び、「ナイトリー」（二七八）と呼び捨てにする。エマは彼女に対する嫌悪を爆発させる。

「我慢のならない女だわ！」エマはすぐに心のなかで叫んだ。「思っていたよりもひどいわ。絶対に我慢ならないわ！　ナイトリーと呼び捨てにするなんて！――（略）取るに足りない、下品な成り上がりの女！　わたしのミスター・イーとかカロ・スポソとか呼んだりして」（二七九）

エマはミセス・エルトンに腹を立てるが、エマは二人の欠点が共通していることに気づいていない。どちらも自尊心や階級意識がつよく、自分の考えを押しつけようとするのである。たとえばミセス・エルトンはジェインにガヴァネスの就職口を強引に押しつけるが、それはエマがハリエットに結婚相手を押しつけているのと同じことなのだ。ミセス・エルトンはエマを映し出す鏡の役割を果たすとともに、エマの欠点を拡大することによってエマの欠点を相対化しているのである。[21]

4

第三巻では、プロットは混乱した秩序の再構築に向かって急速に展開する。クラウン亭の舞踏会では二つの重要な出来事が起こる。その一つはナイトリーがエルトンに無視されて壁の花となっているハリエットとダンスをしたことである。エマはその光景を見てうれしく思うが、このダンスこそがハリエットにナイトリーとの結婚を期待するきっかけをあたえたのであり、さらに言えば、ハリエットがナイトリーとの結婚を期待したことが、結果的にエマとナイトリーとの結婚につながるのである。もう一つの出来事は、ナイトリーとエマのダンスである。ナイトリーとハリエットのダンスのあと、エマはハリエットとエルトンを結婚させようとしたことを認め、ナイトリーは「ハリエット・スミスにはミセス・エルトンにはまったく欠けているすばらしい性質がある」(三三二) ことを認める。ミスター・ウェストンがダンスを促したあと、二人はつぎのような会話をかわす。


「申し込みがあれば、いつでも踊りますわ」とエマは言った。

「だれと踊るのですか?」とミスター・ナイトリーがたずねた。

彼女は一瞬ためらい、それから答えた。「あなたとです。お申し込みくださるのなら」。

「踊っていただけますか?」彼は手を差しのべながら言った。

「ええ、喜んで。ダンスがお上手なのは分かっています。それに兄と妹ではないのでまったく問題はないでしょう。

「兄と妹! とんでもない」。(三三一)

このときナイトリーとエマは少なくともこれまでのような義理の兄と妹ではなくなったのである。

クラウン亭の舞踏会のあと、ハリエットがジプシーに襲われ、フランクに助けられるという事件が発生する。ここでもイマジニストのエマはとんでもない思い違いをする。フランクはわたしへの思いを断ち切ろうとしている。ハリエットはエルトンへの失恋から立ち直ろうとしている。「この事件で二人がたがいに強く引きつけあわないことなどありえない」(三三五)と考える。そしてエマは、エルトンの場合ほど露骨ではないにしても、ハリエットとフランクの結婚を目論む。ハリエットが「わたし、決して結婚しません」「ミスター・エルトンよりずっと優れた方!」(三四一)と言ったとき、エマはハリエットがフランクとの結婚のことを言っているのだと思いこむ。そして「でもね、ハリエット、もっと驚くべきことが起こっているし、もっと不釣り合いな結婚だってあったのですよ」(三四二)といってハリエットを励ます。エマはフランクとの結婚を促すつもりで、実際にはナイトリーとの結婚を促しているのである。

ボックス・ヒルへのピクニックには「どうすることもできないけだるさ、生気のなさ、一体感のなさ」(三六七)が漂っていた。さまざまな不満や苛立ちが鬱積していたからであろう。ジェインとフランクは、彼の手紙で触れられているように、前日ジェインがドンウェル・アビーから帰るときに口論をしていた。エルトン夫妻はエマとハリエットに敵愾心をもっている。ナイトリーはフランクへの不信感をつのらせている。エマとフランクは戯れの恋をつづけ、それを見るジェインは嫉妬している。そんななかでフランクは気の利いたことを一つ、ほどほどに気の利いたことなら二つ、とても退屈なことなら三つ言うことを求める。ミス・ベイツが「『とても退屈なことなら三つ』ですね。それならわたしに丁度いい」と言うと、エマは「あら！　ベイツさん、難しいかもしれませんよ。ごめんなさいね——でも数に限りがあるのですよ。——一度に三つだけですよ」(三七〇)と言ってミス・ベイツを侮辱するのである。エマが普段感じている軽蔑感が、思わずこのような形であらわれたのであろう。

ナイトリーはエマがミス・ベイツを侮辱したことを激しく詰る。

「どうしてあなたはミス・ベイツにあんなに思いやりがないのですか？　彼女のような性格、年齢、境遇の女性に対して、どうしてあれほど傲慢な冗談を言ったりするのですか？

——エマ、あなたがそんなことをするとは信じられないよ」。(三七四)

ミス・ベイツがエマと対等の地位にあるのなら、人前でからかおうと何をしようと問題はない。しかし彼女は落ちぶれ、弱い立場にある。そのような人を同情し、保護することは階級が上のものの義務である。エマは人前で彼女を侮辱したが、ほかの人が真似をする可能性がある。要するにエマの行為は共同体の秩序を支えるモラルを否定する行為なのだ。だからこそナイトリーはいつになく激しくエマを非難するのである。エマは深く反省し、帰りの馬車のなかでは涙を流しつづけ、翌朝、ミス・ベイツを訪問する。エマはこの出来事を通して、これまでの行為を反省し、共同体の中心人物としていかに振る舞うべきかを学んだのである。

ミセス・チャーチルの死によって、フランクは自由の身となる。フランクとジェインが婚約していたことを知ったエマは憤慨する。

「二人のやったことが偽善と欺瞞——スパイ行為と裏切りとでなくて何でしょう? 率直で素朴だと宣言してわたしたちのなかに入り込み、密かに結託してわたしたちすべてを試していたなんて!」(三九九)

二人の行為が批判されるのは当然のことである。私的な感情はともかく、「社会的な領域――結婚、婚約、相続、収入――にかんする事柄は公にされなければならない」[22]からであり、また当然のことながら、個人間の信頼関係をそこない、共同体の秩序を乱したからである。しかし彼らは、『高慢と偏見』のウィッカムや『マンスフィールド・パーク』のマライアのように、厳しく罰せられることはない。やがて二人は結婚し、エンスクームに落ち着くことになる。彼らの役割はハイベリーという共同体に侵入し、その秩序に揺さぶりをかけ、秩序の再構築を促すことにある。役割を終えた二人はハイベリーから排除される。

ハリエットは結局ロバート・マーティンと結婚する。最初から予想されていたことであり、そもそもエマの干渉がなければ、二人は結婚していたのであるから、当然の結末ではあるが、型にはまりすぎているという批判[23]は否めない。ハリエットが「紳士の娘」ではなく「商人の娘」(四八一)であることが判明すると、エマの彼女に対する評価は一変する。「ハリエットの血筋は、多分多くの紳士の血筋に劣らずけがれのないものかもしれない。しかし彼女にミスター・ナイトリーに――チャーチル家に――あるいはミスター・エルトンにさえふさわしいどのような親戚があるというのだ！　私生児という汚点は、高貴な生まれや富によって消されなければ、やはり汚点となるだろう」。(四八二)　エマはマーティンの真価を認めはするが、ハリエットとの関係は希薄にならざるをえない。ハイベリーへの侵入者であるハリエットは徐々に少なくともハートフィールドからは排除されるのである。結局ハリエットは結婚可能な四人の男性——マーティン、エルトン、フランク、ナイトリー——のなかから、一番階級の低いマーティンと結婚したのであり、この結婚はハリエットの地位の確定と共同体のヒエラルキーの固定化を意味しているのである。

フランクとジェインの秘密の婚約を知らされたとき、エマはハリエットにフランクとの結婚をすすめたことを後悔する。しかしハリエットは、意中の結婚相手はフランクではなくナイトリーであり、本気で彼と結婚できると考えていることを告白する。彼女からすれば、ほかならぬエマこそがこの結婚を励ましたのだ。彼女の告白を聞いたとき、ある考えがエマの頭をよぎる。エマの覚醒の瞬間である。

> ハリエットがミスター・ナイトリーに恋することが、どうしてフランク・チャーチルに恋することよりもはるかに悪いことなのだろうか？　愛情が報いられるという希望をハリエットがもつことで、どうしてこれほど困ったことになってしまうのだろう？　ミスター・ナイトリーはわたし以外の誰とも結婚してはいけない、という思いが矢のような速さで彼女の頭を貫いた。（四〇八）

「ミスター・ナイトリーはわたし以外の誰とも結婚してはいけない」という思いが意味しているのは、エマのナイトリーへの愛情などではない。ハイベリーのヒエラルキーの頂点に位置するナイトリーの妻になるのは自分以外にありえない、という強い決意である。エマにはミスター・ナイトリーの愛情をハリエットに向けさせるような「感傷的なヒロイズム」もなければ、彼を拒否するような「より単純な崇高さ」（四三二）もない。もちろんエマはミスター・ナイトリーの求婚を受ける。ハイベリーの秩序に混乱をもたらしたのも、それを再構築するのも、エマの階級意識なのである。

エマはかってナイトリーに「もしもあなたが結婚するようなことがあれば、ハリエットこそうってつけの女性よ」（六四）と言っていたが、エマにとってハリエットとナイトリーの結婚は、ジェインとフランクの結婚以上に不釣り合いなものであることは言うまでもない。ハリエットの意中の結婚相手がナイトリーであることを告げられたとき、エマはハリエットを不当に扱ってはならないという「強い正義感」を感じるが、その一方で「（ミスター・ナイトリーに愛されていると信じている娘に同情の必要はないだろう）」（四〇八）と考える。括弧のなかにさりげなく書かれたこの思いこそが、エマの、そしてオースティンの本音なのだ。エマは「ミスター・ナイトリーとハリエット・スミス！――彼女にとっては何という上昇だろう！　彼にとっては何という下落だろう！」（四一三）と考える。そして「あらゆる結婚のなかでもっとも不釣り合いな結婚」

（四一三）が起こるとすれば、すべての責任は自分にあると反省する。エマはハリエットを虚栄心の強い人間にしてしまったが、そのハリエットによって現実を思い知らされるのである。

エマは以前からナイトリーとジェインの結婚に反対していた。二人の結婚の可能性をほのめかすミセス・ウェストンにエマは「ジェイン・フェアファックスがドンウェル・アビーの女主人だなんて！——ああ！　だめ！　だめ！——考えただけでぞっとするわ！　ミスター・ナイトリーのためにも、そんなばかげたことはさせません」（二二五）とかなり感情的に反発していた。さらにエマは「ジェイン・フェアファックスがドンウェル・アビーの女主人になるなんて耐えられない。みんなが道を譲らなければならないミセス・ナイトリーになるなんて！——だめ——ミスター・ナイトリーは絶対に結婚などしてはいけない。可愛いヘンリーがドンウェル・アビーの相続人でなければならないわ」（二二八）と考える。ナイトリーの結婚に反対する理由として、エマは繰り返しヘンリーがドンウェル・アビーを相続することをあげていたが、もちろん事実ではない。自分よりも地位が下のジェインがドンウェル・アビーの女主人になり、自分よりも上の地位につくことに我慢できないのだ。エマは無意識的にハイベリーという共同体の秩序を乱すことに反対していたとも言えるのである。

ジェインとフランクはウェイマスで出会い、恋に落ち、婚約をした。フランクは「もしジェインが拒めば、気が狂っていたでしょう」（四三七）と述べている。ジェインは戯れの恋を演じるフランクとエマに激しく嫉妬するが、それはフランクへの愛情が強いからである。エマは「ジェインはフランクをとても愛していたのね。ただただ愛情から、婚約をする気になったのだわ。愛情が判断を圧倒したのに違いないわ」(四一九)という。それに対して、『マンスフィールド・パーク』におけるファニーとエドマンドの場合同様、エマとナイトリーにはこのような男女間の情熱は認められない。エマはハリエットに告白されるまで、ナイトリーとの結婚を意識しない。ナイトリーに求婚されたあと、エマは「父のもとを去るわけにはいかないというもっとも厳粛な決意」(四三五)をする。愛情よりも子としての義務を優先させているのである。ナイトリーは「少なくともエマが十三歳の時から、恋をしていた」(四六二)と言うが、これも不自然である。二人の結婚においては、異性愛の成就というよりも共同体のモラルや秩序の再構築に重点が置かれているのである。

ナイトリーはハイベリーのヒエラルキーの頂点に位置する人物である。彼はそのような立場にあるものとしての義務を怠らない。彼は、フランス的なフランクとは異なり、「他人の気持ちに対するイギリス人らしい思いやり」(一四九)を備えている。ベイツ母娘にはリンゴを贈り、コール邸のディナー・パーティではミス・ベイツとジェインを馬車で送迎している。彼がクラウン亭の舞踏会でハリエットを助けたことやミス・ベイツを侮辱したエマを叱責したことにはすでに触れた。彼は「治安判事」(一〇〇)であり、地主であり、すぐれた農場経営者でもある。もちろん彼に欠点がないわけではない。[24] たとえばフランクに対しては、彼がハイベリーに来るまえからかなり激しく嫉妬している。しかし彼は紛れもなく『エマ』の精神的支柱であり、さきに見たように、イギリスという国家を強く連想させる人物である。エマがナイトリーに対して抱いている感情は、ナイトリーという個人に対する愛情よりも、むしろ彼の地位、彼が体現するモラル、彼が所有する田園（ドンウェル・アビー）、さらにそれによって象徴されるイギリスという国家に対する強い愛着なのである。ドンウェル・アビーを久しぶりに訪れたエマはその屋敷の見事さに感心する。

屋敷はまさにあるべき姿で、ふさわしい外観を誇っていた。エマは血統においても知性においても汚れのない、このような真の上流階級の屋敷として、ドンウェル・アビーの屋敷にますます敬意を感じた。（三五八）

エマやオースティンは屋敷や屋敷の持ち主であるナイトリーに敬意を払うとともに、「真の上流階級」を維持することの必要性を感じているのである。ミセス・ナイトリーとなってその役割を担うのは、ジェインやハリエットではなくエマでなければならないと作者は考えているのである。

アビー・ミル農場の描写も注目に値する。

美しい眺めだった——目にも心にも美しかった。イギリスの緑、イギリスの文化、イギリスの安らぎであり、威圧感を感じさせることなく、明るい太陽の下に広がっていた。（略）繁栄と美しさをしめすもの、豊かな牧草地、広がる羊の群れ、花盛りの果樹園、立ちのぼる淡い煙とともに、アビー・ミル農場を安心して眺めることができた。（三六〇）

六月にリンゴの花が咲いていたり、煙突から煙がでていたりするのは不自然だとしてしばしば問題にされる箇所である。[25] この描写は現実の田園をえがいたものではなく、むしろ理想的な田園をえがいたものと考えるべきであろう。言いかえれば、この描写もまたイギリス賛歌なのであり、オースティンの愛国心の表出なのだ。[26]

エマとナイトリーの婚約を聞いたエルトンは「あの若い婦人のプライドが満たされる」ことを願い、「彼女はいつでもできればナイトリーの気をひこうとしていたのだ」（四六九）と考える。エルトンの反応は意外と核心をついている。ナイトリーがハートフィールドに住むことについてミセス・エルトンは「同居するなんて、ショッキングな計画だわ。うまくいくはずがないわ」（四六九）と考える。同居を試みて、三か月で別れてしまった家族を知っていたからこう考えたのであろうが、まことに適切なコメントである。ただし、オースティンによれば、ミスター・ウッドハウスは二人の結婚後二年間生きたとのことである。[27] 同居期間が二年なら、二人の結婚生活もそう悲観することはないのかもしれない。

一般にオースティンの小説においては、ヒロインは結婚することによって階級的に上昇し、地理的に移動する。結婚は社会的、空間的流動性を促すのである。『ノーサンガー・アビー』におけるキャサリンとヘンリー、『高慢と偏見』におけるエリザベスとダーシー、『マンスフィールド・パーク』におけるファニーとエドマンド、そして『説得』におけるアンとウェントワースなどはその例である。エマは結婚することによって、基本的に階級が上昇することもなければ、地理的に移動するわけでもない。『エマ』において結婚は社会的流動性を固定化するものとして機能しているのである。この点にこの小説の独自性が存在する。エルトンとオーガスタ、ハリエットとマーティン、ジェインとフランク、エマとナイトリー——彼らはそれぞれほぼ同じ階級の、しかるべき相手と結婚しているのである。

ハイベリーという共同体に余所者が侵入し、エマが現実認識を誤り、その秩序は混乱する。最終的にジェインとフランクはハイベリーから排除される。エルトン夫妻とマーティン夫妻はハイベリーにとどまるが、ナイトリー夫妻との関係は希薄になる。このことはミセス・エルトンが「これでナイトリーとの楽しい交際もおしまいだわ。(略) これからはミセス・ナイトリーがいて、すべてのことに冷水をかけるのだわ」(四六九)と言っていることからも明らかであろう。マーティン夫妻との関係が疎遠になることはすでに述べた。エマは間違った現実認識をただし、この作品の精神的支柱でありヒエラルキーの頂点に位置するナイトリーと結婚する。[28]こうして混乱した共同体の秩序はこれまで以上に強固な形で再構築されるのである。

第六章
ロマンスへの傾斜
――『説得』

1

『説得』は一八一五年八月八日に書き始められ、翌年の七月十八日に一応の完成をみた。しかしオースティンはクライマックスである最後の二つの章に満足できなかった。「単調で平板」[1]と考えたからである。彼女はこれらの章、特に旧稿の第二巻第十章を書き直し、彼女が亡くなるほぼ一年前の一八一六年八月六日に最終的に完成させた。[2]『説得』は彼女の最後の完成された小説である。

『説得』は、オースティンのほかの小説には見られない、いくつかの特徴をそなえている。その一つは、この作品には時代に対するオースティンの意識がほかの小説以上に明瞭に反映されていることである。たとえば、物語の始まりが一八一四年の夏であること、あるいは、フレデリック・ウェントワースがサマセットシャーにやってきて、アン・エリオットと恋に落ちたのが一八〇六年の夏であることが明記されている。また、この作品には一八一四年の講和、トラファルガーの海戦、あるいはセント・ドミンゴ沖の海戦など、当時のナポレオン戦争への言及もなされている。ウェントワースやクロフト提督はこの戦争で財を築き、社会的地位を向上させたのだ。[3]ウェントワースとミセス・クロフトの話に海外の地名——西インド諸島、地中海、リスボン、東インド諸島、ジブラルタル、バーミューダ、バハマなど——が登場することも注目に値する。オースティンは「田舎の三、四家族」（L 二七五）のみに関心をもち、社会的な出来事に無関心であったわけではないのである。

『説得』では、当時のジェントリーに代表される古い階級と海軍軍人に代表される新しい階級の対立が重要な役割を果たしている。サー・ウォルター・エリオットは「在住地主の義務と威厳」（二三八）を失ったことを後悔もしない「馬鹿で、浪費家の准男爵」（二四八）である。彼が自ら招いた財政的危機のために自分自身の屋敷であるケリンチ・ホールを軽蔑する海軍軍人であるクロフト提督夫妻に貸さなければならないことは、彼の置かれた状況を端的にあらわしている。サー・ウォルターに代表される古い階級は衰退し、海軍軍人に代表される、自らの力で財を築き、社会的地位を高めた新しい階級にとって代わられようとしているのである。[4]

サー・ウォルターが海軍軍人を軽蔑しているのとは対照的に、アンは彼らに好意的である。たとえば、彼女はつぎのように語る。

「海軍の方たちはわたしたちのためにあんなに尽してくださったのですから、少なくともほかの人たちと同じくらいには、家があたえる快適さや特権を要求することができると思うのです。海軍軍人が快適さを求めていいだけの働きをしていることを、みんな認めなくてはなりません」。（一九）

このようなアンの意見は作者自身のものでもある。[5] 実際、古い階級に属するサー・ウォルター、エリザベス・エリオット、ミスター・ウィリアム・ウォルター・エリオットなどが否定的にえがかれているのに対して、ウェントワースやハーヴィルなどの海軍軍人は好ましい人物として肯定的にえがかれている。アンにとってクロフト夫妻の姿は「とても魅力的な幸福の図」（一六八）なのであった。アンが最終的に海軍軍人であるウェントワースと結婚することによってジェントリーをはなれることは、作者のこの問題に対する態度をはっきりとしめしている。『説得』においては、『マンスフィールド・パーク』や『エマ』の場合のように、伝統的秩序が維持されることはないのである。[6]

単純化しすぎるかもしれないが、このような階級間の対立は、「分別」(prudence)と「ロマンス」(romance)(三〇)という『説得』のもっとも基本的な対立とも無関係ではない。なぜなら分別はおもにレディ・ラッセルやサー・ウォルターなど古い階級に属する人々によって支持され、一方、ロマンスはアンやウェントワースのような個人の才能と努力によって財産や社会的地位を得ようとする新しい階級に属する人々によって支持されているからである。

言うまでもなく、分別とロマンスというテーマは、言葉は異なるが、初期の作品である『分別と多感』でも扱われたテーマである。[7] 分別とは理性や社会的、経済的、伝統的価値を重視する立場である。それに対して、ロマンスとは個人の感情、自発性、内面的真実を重視する立場である。ごく簡単に言えば、分別とロマンスの対立は社会と個人の対立であり、文学史的に見れば、古典主義とロマン主義の対立でもある。[8]

『説得』の顕著な特徴の一つは、物語の起源となる出来事が物語の始まる八年前に起こってしまっていることである。十九歳のとき、アンはウェントワースと恋に落ち、婚約する。しかし彼女はレディ・ラッセルの説得にしたがって、婚約を解消する。タイトルの説得とは、基本的にはこのことを意味している。[9] この作品は、アンが分別にしたがって一度失ったロマンスを回復する物語なのである。

2

アンにとって、失われたロマンスを回復することは容易なことではない。そうすることができるまでに、彼女は多くの試練を経なければならないのである。はじめにアンが置かれた状況を確認しておきたい。彼女は、つぎの引用文がしめすように、准男爵という社会的地位と容貌に対する虚栄心の固まりのようなサー・ウォルターと姉のエリザベスからないがしろにされ、エリオット家のなかで孤立している。

アンは洗練された知性と優しい性格をそなえていて、真の理解力のある人には高く評価されたに違いないのだが、父や姉にとっては取るに足らない存在であった。彼女の言うことは軽視され、彼女の都合はいつも後回しにされていた——彼女はただのアンにすぎなかった。（五）

実際、アンの意見を取り入れたレディ・ラッセルの節約計画は、サー・ウォルターとエリザベスによって拒否される。ケリンチ・ホールを貸しにだすことが決まったとき、アンは近くの田舎の邸宅に移ることを望む。しかし彼女の希望は無視され、彼女がもっとも嫌っていたバースに移ることになってしまうのである。「アンのこれまでの人生の短い一時期を除いて、十四歳のときに愛する母を失って以来、ピアノの演奏を人に聴いてもらう仕合せも知らなければ、正しい鑑賞や本当の趣味によって励まされることもなかった」（四七）という事実もアンの孤独をあらわしている。

アンの唯一の理解者はレディ・ラッセルなのだが、しかし、ほかならぬ彼女こそがアンにウェントワースとの婚約を断念させたのである。そのことにアンが苦しみつづけていることは言うまでもない。「レディ・ラッセルには家柄にかんして偏見があった。地位や社会的重要性を重視するあまり、そういうものをもっている人の欠点に少し盲目的であった」（一一）と語り手は彼女の欠点を的確に指摘している。事実彼女はアンにミスター・エリオットと結婚するようふたたび説得するのである。彼女が彼の本質を見抜いているからではない。彼のそつのない態度に惑わされているからであり、何よりも彼がサー・ウォルターの推定相続人であり、アンが彼と結婚することは彼女が「将来のケリンチの女主人、将来のレディ・エリオット」（一五九）になるからなのだ。アンが学校時代の友人であるミセス・スミスとの約束を優先させ、レディ・ダルリンプルの招待を断ったのに対して、レディ・ラッセルが無理をしてその招待を受けたことは、二人の社会的地位に対する態度をはっきりとしめしている。

アンは孤独なだけではない。彼女はすでに二十七歳になってしまっているのである。オースティンのほかの小説のヒロインが十代の後半から二十歳前後であることを考えれば、かなりの高齢と言えよう。[10]『高慢と偏見』において、老嬢になることを恐れ、コリンズと結婚したシャーロット・ルーカスは二十七歳である。マリアンに言わせれば、「二十七歳の女性は二度と愛情を感じることも、感じさせることも望めない」（*SS*三八）ということになる。二十九歳のエリザベスは相変わらず自分が美しいことに満足するが、しかし「危険な年齢」（七）に近づいていることを意識している。オースティンの小説において、二十七歳とはそのような年齢なのだ。家族のなかで孤立し、容色も衰え、やつれた二十七歳のアンに仕合せな結婚ができる見込みはほとんどないのである。

『説得』は読者にもどかしさ、歯がゆさをあたえる。それはアンとウェントワースの関係がこの小説のメイン・プロットであるにもかかわらず、二人の関係が前景化されないからである。[11]第一章を検討してみたい。一般に第一章では小説の主題や内容が提示されたり、主人公が紹介されることが多い。たとえば、『高慢と偏見』では、冒頭の場面でこの小説がベネット家の娘の結婚にかんするものであることがわかる。『マンスフィールド・パーク』ではサー・トーマス・バートラムが、ファニー・プライスが息子のだれかと恋をするのではないか、と心配することによって小説の内容が暗示されている。『ノーサンガー・アビー』と『エマ』では、冒頭でヒロインであるキャサリン・モーランドとエマ・ウッドハウスがそれぞれ紹介されている。ところが『説得』

では最初にサー・ウォルターの説明がなされ、そのあと故ミセス・エリオット、彼女の友人であるレディ・ラッセルの説明がつづく。そして読者はつぎのような一節に遭遇する。

この友人［レディ・ラッセル］とサー・ウォルターは、彼らの知人たちがどのような期待もっていたにせよ、結局結婚しなかった。ミセス・エリオットが亡くなって十三年がたっていたが、二人は依然として隣人であり親しい友人のままであった。一方は男やもめであり、他方は未亡人であった。（五）

ここまで読んできた読者が、『説得』はサー・ウォルターとレディ・ラッセルが結婚する話だと考えても不思議ではない。

このあとエリザベスのしかるべき結婚をサー・ウォルターが期待していること、二十九歳のエリザベスの美しさがそこなわれていないことが強調されている。そしてエリザベスがミスター・エリオットに振られたことが述べられているのである。エリザベスがこの小説のヒロインではないのか、という印象を読者が受けても不思議ではない。

さきに見たように、第一章において、アンについては、彼女がサー・ウォルターやエリザベスから軽視されていること、彼女の美しさが失われてしまっていること、そしてサー・ウォルターは彼女が結婚する希望などもっていないことが書かれているだけである。第一章を読む限り、アンは目立たない存在であり、彼女がヒロインだというはっきりとした印象を読者が受けることはない。もちろん、『マンスフィールド・パーク』のファニーのように、弱い立場におかれた女性が、まさにそれゆえに、ヒロインになることは十分に有り得ることである。しかしファニーが小説の冒頭からほかの登場人物の関心を集め、中心的な役割を果すのに対して、アンがそのような役割を果たすことはない。第四章になってようやくアンとウェントワースの過去が明らかにされるのである。

以上のような読者のもどかしさは、アンのもどかしさでもある。彼女がウェントワースと八年ぶりに再会するのは第七章の終わり近くになってからである。確かに二人は再会したあとたびたび顔を合わすが、二人の関係は形式的なものでしかない。ウェントワースはライムでの事故のあと第二巻第七章に登場するまで小説の舞台を去る。二人が自分たちのかつての関係について直接語り合うことはない。たがいに八年前の出来事を強烈に意識しているからであり、依然として二人とも相手を愛しつづけてはいるが、たがいに相手の愛を確信できないからである。ブッシュはウェントワースが小説の最後でアンに自らの思いを激しく訴えるまで二千語余りしかしゃべらず、そのうちの三分の二はアンに語りかけたものではないことを指摘している。[12]最後から二つ目の章になってようやくアンとウェントワースは、自分たちの気持ちを直接、言葉で伝えあうのである。会話が大きなウエイトをしめ、ヒロインとヒーローがたがいに意見をたたかわせる『高慢と偏見』とは対照的である。

アンは観察者であり、『説得』ではほかの作品の場合以上に、ヒロインの内面に重点が置かれている。[13]アンがウェントワースをいかに意識しているかは、たとえば、第六章におけるクロフト夫妻との会話からもうかがわれる。アンはミセス・クロフトの顔つき、声、表情にウェントワースとの類似点を認めようとし、ミセス・クロフトが兄のエドワード・ウェントワースのことを話しているにもかかわらず、アンはウェントワースのことを話しているのではないかと思ってしまう。あるいは、ウェントワースがウォルターにくっつかれて困っている自分を助けてくれたのを知ったとき、アンはどうしようもないほど、自分自身が恥ずかしくなるほど、動揺してしまうのである。

アッパークロスにおいておもに話題となるのは、ウェントワースがルイーザ・マスグローヴとヘンリエッタ・マスグローヴのどちらと結婚するのかということである。チャールズ・マスグローヴ夫妻もクロフト夫妻もウェントワースがいずれかの女性と結婚することが望ましいと考えている。ヘンリエッタがチャールズ・ヘイターと結婚することになったあと、まわりの人間はウェントワースがルイーザと結婚することを当然のことと考え、ウェントワース自身もそうする義務があると考えるようになる。アンはウェントワースへの熱い思いを秘めながらも、彼の結婚話をだまって見守るより仕方がないのである。

アンはウェントワースの一時的な行為から彼の気持ちを探ろうとする。ウィンスロップへの遠足でアンは二つの経験をする。その一つはたまたまウェントワースとルイーザの会話を耳にしたことである。「あんなにやすやすと説得されてしまうなんて考えられないわ。わたしが決心したときは、決心したってことなの」（八七）というルイーザに対して、ウェントワースはこう答える。「あなたは決断力のある断固とした性格の方です。（略）幸福になろうとする人は断固としていなければなりません」。「ぼくが関心をもつすべての人にまず望むことは、断固としていてほしい、ということです」。（八八）彼のこの言葉がアンに対する批判であることは言うまでもない。しかし、遠足からの帰り道でウェントワースは疲れたアンをだまってクロフト夫妻の馬車に乗せる。あの人はわたしを許してはいないけれど、ほかの人を好きになり始めているけれど、それでもわたしが苦しんでいるのを見ていられないのだ、とアンは考えるのである。

ライムでの二つの出来事は、ウェントワースのアンに対する考え方に大きな影響をあたえる。その一つはアンと紳士（ミスター・エリオット）との出会いである。海岸から上へ通じる階段で、アンが一人の紳士とすれ違ったとき、彼はさわやかな風と生き生きとした目によって取り戻された、「青春の輝きと新鮮さをそなえた、とても整った、とても美しい彼女の顔立ち」（一〇四）に見とれる。そのことに気づいたウェントワースもまた彼女に一瞥を投げかけ、アンがかつての美しさを取り戻していることを認めるのである。
もう一つの、より重要な出来事は、ルイーザがウェントワースの忠告を無視し、階段から飛び降りて怪我をしたことである。その場に居合わせた者が慌てふためくなかで、アンはただ一人冷静沈着に判断し、行動する。そして彼女はつぎのように考えるが、彼女がウィンスロップで聞いたウェントワースとルイーザの会話を意識していることは明らかであろう。

アンは思った。あの人は断固とした性格のもつ普遍的な幸福と長所についての以前の考え方の正当性をいま疑問視しているのではないかしら。精神のほかのすべての性質同様、断固とした性格にも釣り合いと限界があるべきことに思いあたっていないのかしら。説得されやすい気質もときとして果断な性格同様、幸福に恵まれることがあるということに気づかないことはない、と彼女は思うのだった。(一一六)

確かに、ルイーザの行為は単なるわがままでしかない。この事件を通して、ウェントワースは「信念の揺るぎなさと我意の頑なさ」「不注意な大胆さと沈着な決断」(二四二)の違いを学ぶのである。そして彼はルイーザとは対照的な、アンの精神性をも認識するのである。事故のあと、「でも、もしアンが残ってくれたら、アンほどふさわしく、有能な人はいないのだが!」

（一一四）とウェントワースは言うが、このことは彼がアンを信頼していることをしめしている。また、彼がアンをファースト・ネームで呼んでいることは、彼の彼女に対する心理的な距離が縮まっていることを意味している。二巻から構成される『説得』の第一巻の終わりでえがかれることの事件は、文字通りこの作品の転換点となるのである。

3

第二巻第八章のコンサートで、ウェントワースがミスター・エリオットに嫉妬していることにアンが気づいたとき、彼女は彼の愛が自分に戻ってきていることをかなり確信している。「そのような嫉妬をどのように鎮めればいいのだろうか？　どのようにしてあの人に真実を伝えればいいのだろうか？　それぞれことさら不利な境遇のなかで、どのようにしてあの人はわたしの本当の気持ちを知るのだろう？」（一九二）とアンが考えるように、アンの変わらぬ愛をいかにしてウェントワースに伝えるかが問題となるのである。

さきに触れたように、オースティンは旧稿の最後の二つの章を書き直している。旧稿ではアンがウェントワースに彼女がミスター・エリオットと結婚するという噂を否定する。二人は「言葉には出さないが、しかしとても強力な会話」（二六三）を交わすことによって、つまりたがいの表情によって意志を確認し、結ばれるのである。

改稿では旧稿よりもはるかに激しくアンはウェントワースへの愛を表明している。ホワイト・ハートの一室で、ミセス・クロフトとミセス・マスグローヴが「長期間の婚約」「不確かな婚約、つまり長くなるかもしれない婚約」（二三一）について内緒話のつもりだが、まわりにもはっきりと聞こえる声で話し合っている。その場に居合わせているアンにとってもウェントワースにとっても、無関心ではいられない内容である。

アンはここで思いがけなく興味をひかれた。彼女はそれが自分自身にあてはまると考え、神経質になって全身がぞくぞくするのを感じた。そして彼女の目が本能的に遠くのテーブルに向けられたその瞬間、ウェントワース大佐のペンは止まり、彼は頭をあげ、ためらい、耳を傾けた。つぎの瞬間、彼は振り向き、彼女に向かって一瞥を――すばやく、意識的な一瞥を投げかけた。（二三二）

ここで重要なことはアンもウェントワースも、たがいの存在を強烈に意識していることである。アンとハーヴィルは男性と女性のどちらが「不変の愛」（constancy）（二三五）を貫くかについて激しい議論をたたかわせている。ハーヴィルは男性の方が不変の愛を貫くことを主張するが、これはいまだにアンに直接語ることができないでいるウェントワースの気持ちを代弁していると言えよう。

アンは直接的にはハーヴィルに対して、一般論として、女性の方が不変の愛を貫くことを主張する。これは、女性は相手の男性の愛情が確信できるまえに女性の方から愛情をほのめかすことさえできないという当時のコンヴェンションにしたがうことでもある。[14] しかしアンは、実際には、ウェントワースに対して八年前のあのときから、変わることなく、いまでも彼を愛しつづけていることを訴えているのであり、彼もそのことを意識しているのである。「わたしが女性のために主張する特権は——それはうらやむべきものではありませんし、あなたが欲しがったりする必要もないのですが——相手の方がいなくなっても、愛し合える希望がなくなっても、いつまでも愛しつづけることなのです」(二三五)という言葉こそ、アンがウェントワースに伝えたかった、秘めた、しかしそれだけに激しい思いなのだ。このような言葉を聞いて、ウェントワースがだまっていられなくなるのは当然であろう。彼は手紙を書いて、自らの思いを吐露する。こうして二人は八年前に失ったロマンスを回復するのである。

ヴァージニア・ウルフはオースティンについて「表面にあらわれるよりもはるかに深い感情をもった女性だ」[15]と述べているが、この言葉はそのままアンにもあてはまる。オースティンのヒロインのなかで、これほど激しく、赤裸々に感情を表明したものがいるだろうか。『分別と多感』のエリナーや『マンスフィールド・パーク』のファニーは、自らの愛を成就させるために積極的には何も行動していない。彼らがそれぞれエドワード・フェラーズやエドマンド・バートラムと結婚できたのは偶然にすぎない。それに対して、アンはウェントワースへの愛ゆえに、チャールズの求婚を拒み、レディ・ラッセルの二度目の説得にも応じず、自らの言葉でウェントワースの心を動かし、ロマンスを成就させた。だからこそ彼女のロマンスは読者の心をも動かすのだ。

分別とロマンスの対立をテーマとする『説得』において、アンとウェントワースがロマンスを回復するというプロットは、ロマンスの分別に対する優位を意味していると言えよう。基本的に同じ問題をテーマとした『分別と多感』において、マリアンが本来もっていた多感を捨て、分別にしたがってブランドン大佐と結婚するのとはきわめて対照的である。さきに触れたように、マリアンは「二十七歳の女性は二度と愛情を感じることも、感じさせることも望めない」と言っていた。二十七歳のアンはそれが間違いであることを身をもって証明した。アンはマリアンとは逆方向の道程を歩んだのである。

分別を代表するレディ・ラッセルは、最終的にウェントワースとミスター・エリオットにかんする判断が間違っていたことを認め、「新しい見解と希望」を採用せざるをえない。彼女はウェントワースのマナーを「危険な性急さ」をしめすものと考え、ミスター・エリオットのマナーを

「もっとも正しい意見と節度ある精神の確実な結果」と捉えたのである。結局「彼女はそれぞれの外見に不当に影響されていた」（二四九）のだ。オースティンはレディ・ラッセルを通して分別の欠点をしめしていると言えよう。[16]

オースティンは、しかし、分別を全面的に否定しているのではない。分別かロマンスかという問題は、レディ・ラッセルの説得をどう評価するかという問題に帰着するのだが、この問題に対するアンと作者の態度は曖昧である。アンとウェントワースが婚約したとき、アンはまだ十九歳であった。ウェントワースには財産もなければ縁故者もなく、海軍軍人としての不安がつきまとっていた。レディ・ラッセルにしてみれば、ウェントワースの「自信」「楽天的な気質」「恐れを知らない精神」（二七）は危険な兆候でしかなかった。相思相愛であったとしても、後見人であるレディ・ラッセルがウェントワースとの結婚に反対したのは当然のことであった。

分別の立場からすれば、レディ・ラッセルの判断が間違っていたとは言えない。実際、ウェントワースが軍人として成功をおさめ、財産を作ることができたのは、彼がアスプ号に乗り込んでいたとき、いくつかの幸運に恵まれたからにほかならない。プリマスに到着するのが二十四時間遅れ、サウンド号に乗り移っていなければ、彼は強風のために死んでいたのである。

アンは婚約を解消することは何よりもウェントワース自身のためになると考えていたのだが、二十七歳になったアンは当時とは異なった考え方をしている。

アンもレディ・ラッセルもアンの行いのあの重要な問題について、意見が変わっていないのか、変わったのか、たがいの意見について何も知らなかった。というのも二人ともその問題に触れることがなかったからである。しかし二十七歳になったアンは十九歳のとき無理やり押しつけられた考えとはかなり違った考えをもっていた。彼女はレディ・ラッセルを責めなかったし、彼女にしたがってしまった自分を責めることもなかった。しかし、もしだれか同じような境遇にいる若い人が彼女に助言を求めたとすれば、不確かな将来の利益のために、確実な目前の惨めさをもたらす助言はしないであろうと考えた。家族の不賛成という不利益、彼の職業につきまとう不安、すべての予想される懸念、遅れ、失望があったとしても、婚約を犠牲にした場合よりも婚約を保持した場合のほうが幸福な女になっていたと彼女は確信していた。(二九)

特に、最後の文章に注目したい。要するにアンは結果のいかんにかかわらず結婚すべきであったと考えているのであり、説得に応じたこと、つまり分別にしたがったことを後悔しているのである。二十七歳のアンは分別よりもロマンスを重視しているのだ。

ところが小説の最後の場面で、アンのレディ・ラッセルの説得や、説得に応じたことに対する考え方は変化する。アンはウェントワースにこう語る。

「過去のことについて考え、自分自身にかんしてですが、正しかったこと、間違ったことを公平に判断しようとしていたのです。そして随分苦しみはしましたが、わたしは正しかったのだ、あなたが今よりも好きになるあの友人の指導にしたがったのはまったく正しかったのだと信じざるをえないのです。わたしにとってあの方は親代わりでした。でも、誤解なさらないでください。あの方の助言が間違っていなかったと言っているのではありません。おそらく結果次第で、助言が良くも悪くもなったのでしょう。わたしだったら、似たような状況で、決してあのような助言はしなかったでしょう。でもわたしが言いたいのは、あの方にしたがったのは正しかった、もしそうしていなければ婚約を破棄した場合よりも婚約を維持したことで苦しんでいただろうということなのです。なぜならわたしの良心が苦しんでいたでしょうから」。(二四六)

ここでアンは、レディ・ラッセルの説得に応じたことをむしろ肯定しているのである。アンばかりではない。ウェントワースもやがてレディ・ラッセルを許せるようになると言い、レディ・ラッセル以上に自分自身が敵であったこと、つまり自分があまりにも高慢であったことを認めるのである。結局、アンもウェントワースも分別の意義を少なくともある程度は認めているのである。アンのレディ・ラッセルの説得に対する態度は曖昧である。[17]

分別かロマンスか、という問題に対するオースティンの態度も曖昧である。[18] この曖昧さは、最終章冒頭のつぎの一節に端的にあらわれている。

二人の若者が結婚しようと心に決めたとき、いかに貧しくとも、いかに無分別であろうとも、おたがいの最終的な幸福にとって相手がそれほど必要でなさそうでも、彼らは忍耐強いねばりによってその決心をかなり確実に実現するものである。これは物語を終えるのは悪い教訓であるかもしれないが、しかしわたしはこれが真実だと信じる。（傍点筆者）（二四八）

引用文中の「わたし」は語り手であり、作者自身の率直な意見と考えて差し支えないと思われる。若い二人が結婚しようと決心すれば、どんなに貧しくても、どんなに無分別でも、どんなにおたがいの幸福にとって必要でなさそうでも結婚できるものだが、これは物語の終わりにもってくるには悪い結論である。この部分は分別の立場に立っている。しかしそれが真実であると信じる、という部分はロマンスの立場に立っているのである。

言うまでもなく、オースティンが分別を全面的に否定しているわけでない。このことは『説得』が完全なハッピー・エンディングで終わっていないことからも支持されよう。[19] アンは「今後彼女の分け前となるはずの一万ポンドのうちごく一部」（二四八）しか手にすることができない。

アンにはウェントワースを正当に受け入れ、評価する家族はいない。メアリーはこう考える。「アンにはアッパークロス・ホールもなければ領地もなく、一族の長になる見込みもないのだ。ウェントワース大佐が准男爵にでもならないかぎり、アンと境遇を交換することはないだろう」。（二五〇）アンは軍人の妻として「将来の戦争の不安」（二五二）にさらされなければならないのだ。

以上のように、分別は依然として彼女の基本的な立場である。しかし、『説得』において、彼女はロマンスとでも呼ぶべき、分別では抑えきれない感情の存在を認めている。たとえば、八年ぶりにウェントワースと再会したあと、アンは理性で感情を抑えようとする。しかし彼女は胸のときめきを抑えることができないのだ。「ああ悲しいかな！　いくら理性で説いてみても、持続的な感情にとっては、八年という歳月も無に等しいことが分かってくるのだった」（六〇）と語り手は述べている。あるいは、ルイーザとベンウィックが婚約したことによって、ウェントワースが自由になったことを知ったとき、アンは我を忘れて心をときめかせ、頬を赤く染める。「彼女は調べるのが恥ずかしいような感情をおぼえた。それはあまりにも喜びに似たもの、無分別な喜びに似たものであった！」（一六七―八）と語り手は言う。アンにとっては、ミスター・エリオットが理性的で慎重で、決して感情を爆発させないことは決定的な欠点であった。「情熱と熱意はいまでも彼女をとらえていた」（一六一）のである。アンとウェントワースがロマンスを回復するという作品全体のプロットを考え合わせれば、彼女がロマンスに身を乗り出そうとしている、と考えるのが自然であろう。繰り返し指摘されているように[20]、『説得』にはオースティンのこれまでの小説には見られない新しさがあるが、その新しさとは要するにロマンスへの傾斜ということにほかならない。「若いころ、アンは分別のある態度をとるよう強いられ、年をとるにつれてロマンスを学んだ――不自然な始まりの自然な成り行きだった」（三〇）というしばしば引用される文章は、オースティンの最後の完成された作品のヒロインばかりでなく、その作者にもあてはまるのである。

第七章
オースティンとフォースター
——『マンスフィールド・パーク』と『ハワーズ・エンド』

1

ジェイン・オースティンとE・M・フォースターの関連性については、従来から指摘されている。[1] オースティンは現実的かつ具体的な状況のなかで結婚を中心とする人間関係をえがくというイギリス小説のもっとも基本的な特徴の一つを定着させた作家であり、フォースターがこの特徴を継承した作家であることを考えれば当然のことと言えよう。初めにフォースターのオースティンにかんする発言を検討することによって、フォースターがオースティンにいかに傾倒していたかを確認しておきたい。

フォースターは「ジェイン・オースティン」において、つぎのように述べている。

わたしはジェイン・オースティン信奉者であり、それゆえ彼女のことになると少しだらしなくなる。わたしの間の抜けた表情、欠点が目に入らない態度――それらは、たとえば、スティーヴンソン信奉者の顔には何と似合わないことだろう！　だが、ジェイン・オースティンとなれば話は別だ。彼女こそわたしの大好きな作家！　わたしは口を開け、知性には蓋をして、繰り返し繰り返し彼女の作品を読む。[2]

ここでフォースターは自らがジェイン・オースティン信奉者であることを宣言しているのである。フォースターはほかのエッセイや『小説の諸相』においてもオースティンや彼女の作品に言及している。たとえば、「わたしの書斎で」において、彼はつぎのように述べている。

好きな本というのは好きなプディングと同じで説明しにくいものです。しかしわたしには確かにいつでも手を伸ばせば届くように、どの部屋にも置いておきたい三人の作家がいます。その作家とはシェイクスピア、ギボン、そしてジェイン・オースティンです。シェイクスピアはわたしのこの書斎の中に二人と書斎の外に二人。ギボンは中に一人と外に一人。ジェイン・オースティンは中に一人と外に二人。これだけそろっていれば満足です。[3]

この言葉も、オースティンがフォースターのお気に入りの作家であり、彼が彼女の作品をいかによく読んでいるかを物語っている。
「イギリス国民性覚え書き」において、フォースターはイギリス人の欺瞞についてつぎのように述べている。

ジェイン・オースティンは引き合いにだす権威としては奇妙に思えるかもしれない。オースティンには、それなりに、イギリス人の知性に対するすばらしい洞察力がある。彼女のえがく範囲には限界があって、登場人物は決してひどい罪を犯したりはしない。しかし彼女は行為という問題には仮借ない目をもっていて、『分別と多感』の冒頭の数章に、二人のイギリス人が間違った行為に乗り出すまえに、自らを混乱させる古典的な例を見出すことができる。[4]

このように指摘したあと、フォースターはダッシュウッド夫妻が、ミスター・ダッシュウッドの遺言を無視して、未亡人となったミスター・ダッシュウッドの二番目の妻とその三人の娘に結局何もしてやらないことにするまでのいきさつをえがいた部分を分析している。このことも、フォースターがオースティンの作品を熟読していたことをしめしていると言えよう。

フォースターは『小説の諸相』においても、オースティンに繰り返し言及している。一例をあげれば、彼はオースティンの登場人物がすべて立体的人物か、立体的人物になりうる可能性を秘めていることを指摘し[5]、『マンスフィールド・パーク』のミセス・バートラムにかんして、「彼女はたった一つの文章で立体的人物にふくらみ、そしてもとの平面的人物にもどってしまうのです。ジェイン・オースティンはなんと見事に書くことでしょう！」[6]とオースティンの作家としての力量を賛美している。

フォースターはインタービューで「小説の技巧上、オースティンから何を学んだのか？」という質問に対して「わたしは家庭的なユーモアの可能性を学んだ。もちろんわたしは彼女より意欲的です。わたしはそれをほかのことに引っ掛けようとしました」[7]と答えている。「ほかのこと」とは、コルマーが指摘するように、「社会批評、シンボリズム、そして予言」[8]、あるいは同性愛や異文化、異民族との接触や衝突などを意味しているのであろう。

以上のようなフォースターのオースティンにかんする発言から、彼が彼女の作品に精通しており、彼が小説を書くにあたって、彼女の小説を意識していたこと、あるいは、少なくとも彼女の小説に影響されたことはほぼ間違いのないことと言えよう。

実際、オースティンとフォースターの小説には多くの共通点が見出される。『高慢と偏見』と『眺めのいい部屋』にかんして言えば、クルーズはコリンズとセシル、エリザベスとルーシーとの類似性を指摘している。[9] グランズデンによれば、『眺めのいい部屋』はとりわけ『高慢と偏見』に依存している。[10] マーティンは『眺めのいい部屋』がオースティンを想起させることを指摘し、[11] ビアは『マンスフィールド・パーク』のメアリー・クロフォードと『果てしなき旅』のアグネスに共通点を見出しているのである。[12]

『分別と多感』と『ハワーズ・エンド』は、いくつかの共通点をそなえている。まず、テーマが共通している。『分別と多感』のテーマは、そのタイトルがしめすように、分別と多感の対立である。分別とは、簡単に言えば、個人よりも社会を重視する立場である。一方、多感とは、何よりも個人の考えや感情に忠実であろうとする立場である。[13] この分別と多感の対立は、『ハワーズ・エンド』の散文と情熱の対立というテーマにほぼ対応している。

二つの小説は対照的な姉妹をヒロインとしている点でも共通している。『分別と多感』のエリナーとマリアンが『ハワーズ・エンド』のマーガレットとヘレンに対応していることは明らかであろう。エリナーとエドワードやマーガレットとヘンリーの恋愛と結婚には激しい情熱はほとんど認められない。一方、マリアンとウィロビーやヘレンとポールおよびバストとの関係はすべて衝動的なものでしかない。マーガレットはヘレンに「あなたの恋愛はロマンス。わたしの恋愛は散文」[14] というが、この言葉はほぼそのままダッシュウッド姉妹にもあてはまる。いずれの作品においても、姉が分別、散文をあらわし、妹が多感、情熱をあらわしている。そして最終的には前者が後者よりも優位を占めているのである。

オースティンとフォースターは、作品の世界が比較的限定されている点でも共通している。二人ともおもに自らが属する階級、自分たちが知っている世界をえがいたのである。オースティンのえがく世界はおもにジェントリーと呼ばれる地主階級である。[15]「田舎の村の三つか四つの家族こそ小説の題材にはうってつけなのです」(L 二七五) という有名な言葉は、彼女の作品世界の狭さを端的に物語っている。オースティンほどではないにしても、フォースターの作品世界も限定されている。たとえば、彼は『ハワーズ・エンド』でつぎのように宣言する。

この物語はひどい貧乏人とは無関係である。こうした連中について考えてみても無駄なことで、彼らを問題にするのは統計学者か詩人くらいのものだ。この物語が問題にするのは、一応の身分の人々、あるいはやむをえずそういうふりをしている人々である。(四三)

フォースターのえがく世界は、彼自身が属しているイギリス中産階級であり、彼がそれよりも下の階級をえがくことはない。大雑把な言い方をすれば、オースティンもフォースターも、上の方の中産階級をえがいたということになる。

2

オースティンとフォースターの小説のなかで『マンスフィールド・パーク』と『ハワーズ・エンド』は、とりわけ明確な共通点をそなえている。『マンスフィールド・パーク』も『ハワーズ・エンド』も、土地・建物の名称が作品のタイトルとなっている。そしてそのタイトルとなっている土地・建物が象徴的な意味をもっているのである。[16] ごく大まかに言えば、マンスフィールド・パークはジェントリーの保守的なモラルや伝統、田園といったものをあらわしている。[17] ハワーズ・エンドも、同様に、イギリスの田園や自然、伝統的な価値観を象徴している。さらに、どちらもイギリスという国家を象徴しているとも考えられる。それぞれが作品のタイトルとなっていることからも明らかなように、オースティンもフォースターも、マンスフィールド・パークやハワーズ・エンドによって象徴されるものを支持していることは言うまでもない。しかし、マンスフィールド・パークもハワーズ・エンドも、新しい時代の流れやロンドンに代表される都会によってその存在を脅かされているのである。[18]

『マンスフィールド・パーク』も『ハワーズ・エンド』も、象徴的な意味を持つマンスフィールド・パークやハワーズ・エンドを誰が継承するかが一つの中心的なテーマとなっている。[19] マンスフィールド・パークはファニーによって継承される。ハワーズ・エンドは精神的にはマーガレットによって、肉体的にはヘレンとレナード・バストの赤ん坊によって継承される。どちらも言わば余所者によって継承されるのであり、新しい血を入れることの必要性が主張されているのである。この点においても二つの作品は共通している。

オースティンの小説と『モリス』を除くフォースターの小説は、建前としては男女間の恋愛や結婚を中心とした人間関係をえがいている。しかしその関係は異性間の性的な関係というよりも、むしろ倫理的、精神的な関係なのである。言い換えれば、オースティンとフォースターの小説の恋愛や結婚においては、異性愛よりも価値観や倫理観が大きなウェイトを占めているのであり、男女間の結びつきは精神的な、価値観による結びつきなのである。『マンスフィールド・パーク』におけるファニーとエドマンドの結婚、『ハワーズ・エンド』におけるマーガレットとヘンリーの結婚はこの好例である。

『マンスフィールド・パーク』のファニーとエドマンドの結婚には、異性間の愛情は認められない。幼い頃から、兄妹のように一緒に育てられたいとこ同士が愛し合い、結婚するのは不自然であり、少なくとも今日の感覚からすればほとんど近親相姦である。[20] マライア、ジュリア、そしてミセス・ノリスからいじめられるなかで、ファニーがただ一人自分を親切にしてくれるエドマンドに好意を抱くのは当然だが、その感情は異性に対する愛情とはおのずから別のものであろう。ファニーを引き取る話が持ち上がったとき、サー・トマスはファニーと彼の息子たちが恋をするのではないかと心配する。それに対してミセス・ノリスはつぎのようにまくしたてる。

「息子さんのことを心配されていますが、あらゆることのなかで、そんなことは一番起こりそうもないことだとはお考えになりませんか。いつも一緒に、兄妹のように育てられるのですもの。そんなことは事実上ありえないことです。そんな例は聞いたことがありません。実際、そのように育てることがそういう関係が起こらないようにするための唯一の確実な方法です。その娘が奇麗で、いまから七年後にトムかエドマンドが初めて会ったとしましょう。多分、困ったことになるでしょう。その娘が遠く離れたところで、貧乏なまま、ほったらかされて育ってきたのだと考えただけで、気立ての優しい男の子のどちらかが恋をするには十分ですもの。でも、いまから一緒に育ててごらんなさい。たとえその娘が天使のように美しかったとしても、どちらにとっても妹でしかないでしょうから」。(六 - 七)

少なくともこの問題にかんするかぎり、ミセス・ノリスの意見はごく常識的である。いまから、兄妹同然にいつも一緒に育てれば、恋をすることなどありえない、かりにファニーが天使のように美しかったとしても、彼女はサー・トマスの二人の息子にとって妹でしかないというのである。

実際、エドマンドはファニーを、ほぼ終始一貫して、結婚するかもしれない一人の女性としてよりも、むしろ妹のような存在と見なしている。エドマンドにとってメアリーは結婚するかもしれない恋人である。しかしエドマンドにとってファニーはあくまで妹であり、決して結婚するかもしれない恋人ではない。第二巻第五章でエドマンドはグラント夫妻のディナーにでかけるファニーを「情愛深い兄のような微笑を浮かべて」（二二二）見つめている。第三巻第六章でエドマンドはポーツマスに旅立つファニーに「兄としての愛情のこもった別れの挨拶」（三七四）をしている。エドマンドは小説の最後から三番目の章になってもファニーに「ファニー——妹はあなただけ——慰めはもうあなただけ」（四四四）と呼びかけている。最後から二番目の章の最後でエドマンドが頼りにしているのは「ファニーの友情」（四六〇）であって、ファニーの愛情ではない。

エドマンドがファニーと結婚したのは、彼がクロフォード的倫理観ではなく、ファニー的倫理観を支持し、彼女をマンスフィールド・パークの精神的支柱として受け入れたからにほかならない。ファニーがエドマンドと結婚できたのは、つぎに触れるように、彼女が自らの倫理観を守り通したことに対する褒美であることは否定できない。この二人の結婚は、異性愛による結びつきというよりも、精神的な結びつきなのである。

オースティンのえがくほかの結婚、たとえば『分別と多感』のマリアンとブランドン大佐の結婚についても基本的に同じことが言える。マリアンは多感を捨て、分別の意義を認めた結果としてブランドン大佐と結婚するのだ。二人の結婚は分別の多感に対する勝利を象徴しているのであり、彼らの関係に異性間の愛情はほとんど認められない。事実マリアンは、彼女がかつてあこがれていたような「抑えがたい情熱」に身をゆだねたのではない。彼女はブランドン大佐に「深い尊敬と強い友情」（三七八）しか抱いていない。エリナーは「恋敵のウィロビーの苦しみと節操よりもブランドン大佐の苦しみと節操にこそマリアンという褒美があたえられるべきだ」（三三五）と考えている。最終章において、「エリナー、エドワード、ミセス・ダッシュウッドはそれぞれブランドン大佐の悲しみと自分たちが受けた恩義を感じ、マリアンこそあらゆることの褒美にふさわしいと一致して考えている」（三七八）のである。

(reward)

オースティンは「褒美」という言葉を『マンスフィールド・パーク』でも用いている。

ヘンリー・クロフォードが耐えていれば、しかも正しく耐えていれば、エドマンドがメアリーと結婚して相応の期間内に、ファニーが彼の褒美、しかもファニーの意思であたえられた褒美になっていたに違いない。（四六七）

この「褒美」という言葉は、オースティンの結婚に対する一つの態度を端的にあらわしている。

オースティンにとって、結婚は恋愛（異性愛）の成就ではなく、彼女が支持する倫理観、あるいは倫理的行為に対する褒美なのである。[21]

『ノーサンガー・アビー』におけるキャサリン・モーランドとヘンリー・ティルニーの結婚にも激しい情熱は認められない。二人の関係は、恋人同士というよりも、むしろ教師と生徒の関係であり、ヘンリーとの結婚は、キャサリンがゴシック・ロマンス的妄想から目覚めたことに対する褒美とも解釈できる。少なくとも、ヘンリーと結婚するキャサリンは作品冒頭の元気のいい、お転婆娘ではない。マリアンの場合同様、彼女の魅力は失われてしまったのである。

『エマ』におけるエマとナイトリーの結婚にも激しい情熱は認められない。エマは自らの錯誤を認め、正しい現実認識に至った結果として、この作品の精神的支柱でありヒエラルキーの頂点に位置するナイトリーと結婚する。二人の結婚においては、異性愛の成就というよりもハイベリーという共同体の秩序やモラルの再構築に重点が置かれているのである。

フォースターの小説の恋愛や結婚にも異性間の愛情は希薄である。言うまでもなく、その原因の一つは彼の同性愛であるが、[22]オースティン同様、彼が精神的なものを重視していたことも原因の一つである。その典型的な例が、『ハワーズ・エンド』のマーガレットとヘンリーの結婚である。二人の結びつきに情熱的なものはほとんど認められない。二人の結婚にはかなり無理があるが、マーガレットが最終的にヘンリーと結婚したのは、彼女が「『電報と怒り』の外的生活」

（一〇一）を送るウィルコックス家の意義を認め、自分たちの信じる内的生活と調和させようとしたからである。『マンスフィールド・パーク』において、ファニーがエドマンドと結婚することによってマンスフィールド・パークの精神的後継者となったように、マーガレットはヘンリーと結婚することによって、ミセス・ウィルコックスの遺言通り、ハワーズ・エンドの精神的後継者となる。オースティンもフォースターも精神性を重視しているのである。

オースティンとフォースターは、しかし、重要な点で異なっている。オースティンは、彼女が支持する倫理観をもつ人物同士を結びつけ、それにそぐわない倫理観をもつ人物を徹底的に排除する。たとえば、『マンスフィールド・パーク』において、彼女はファニーとエドマンドを結婚させ、反マンスフィールド・パーク的倫理観の持ち主であるマライアとミセス・ノリスを、マンスフィールド・パークへの侵入者であるクロフォード兄妹とともに、マンスフィールド・パークから追放する。

『エマ』においても同様である。『エマ』と『マンスフィールド・パーク』は非常に異なった作品に見える。もちろんそのおもな原因はそれぞれのヒロインにあるのだが、作品の構造は共通している。[23]『マンスフィールド・パーク』においては、マンスフィールド・パークにクロフォード兄妹という余所者が侵入するが、最終的に彼らは排除され、ファニーとエドマンドが結婚する。『エマ』においては、ハイベリーにジェインとフランクという余所者が侵入する。彼らは婚約していることを隠し、ハイベリーという共同体を混乱させる。そのようなモラルに反することを行った二人は、追放されるのではないにしても、ハイベリーから排除され、エマとナイトリーが結婚する。どちらの小説においても、ヒロインの結婚によって秩序が維持されるのである。『高慢と偏見』においても、オースティンはエリザベスとダーシーを結婚させ、さまざまなモラルに反する行為を行ったリディアとウィッカムを北部、多分ニューカッスルに追放する。二人が経済的に困窮することは言うまでもない。

オースティンの小説はすべて主要人物の結婚というハッピー・エンディングで終わっているが、すべて同質の人物同士の結婚であることに注目しなければならない。最終的にオースティンは同質の、同じ価値観、倫理観をもつ人物を結びつけ、異質な人物を排除するのである。

それに対して、フォースターは異質な人物、具体的には、価値観、階級、民族などが異なる人物を結びつけようとする。この意味において「ただ結びつけよ!」という『ハワーズ・エンド』のエピグラフは、フォースターのすべての小説に共通するテーマである。ヘレンへの手紙のなかで、マーガレットはつぎのように述べている。

「目に見えないものが目に見えるものよりも優れていることについて考えすぎてはいけません。それはその通りでしょうが、そんなことを考えるのは中世的なことです。わたしした

ちのすべきことは、その二つのものを対立させるのではなく、調和させることなのです」。（一〇一―二）

これはオースティンにはない発想である。これはマーガレットばかりでなく、フォースターの立場でもある。彼はこの小説でマーガレットとヘンリーという異なる価値観をもつ人物を結婚させたが、マーガレットが彼女の価値観を放棄したわけではない。『天使も踏むを恐れるところ』ではイギリス人とイタリア人、『インドへの道』ではイギリス人とインド人の関係がえがかれている。『モリス』は同性愛をテーマとしているが、同性愛を成就するうえでもっとも大きな障害の一つは主人公たちの階級意識であり、階級差である。このような異質な人物同士を結びつけることは容易なことではなく、その試みは必ずしも成功しているわけではない。だからこそ彼の小説は『天使も踏むを恐れるところ』や『インドへの道』のように別離で終わっていたり、『眺めのいい部屋』のように、結婚で終わっている場合でも現実感を欠いているのである。[24]

以上のように、オースティンとフォースターは、彼らに特徴的な共通点を孕みつつも、それぞれの作家は独自の特質をそなえている。概して、オースティンの小説が安定感をそなえているのに対して、フォースターの小説は、不安定な、中途半端な印象をあたえる。それはおもにオースティンが同質な人物を結びつけようとするのに対して、フォースターは異質な人物を結びつけようとするからである。このような二人の作家の特質がそれぞれの作家の個性、伝記的背景、社会、時代などを反映したものであることは言うまでもない。

注

まえがき

1　Virginia Woolf, "Jane Austen at Sixty," *Jane Austen: The Critical Heritage*. Ed. B. C. Southam (London: Routledge, 1995), Vol. 2, 301.

2　『高慢と偏見』を読んだシャーロット・ブロンテはつぎのように不満をぶちまけている。「あなたが書かれたものを読むまで、『高慢と偏見』を読んだことがありませんでした。それでその本を手に入れてみました。一体、何を見つけたというのでしょう。銀板写真に撮られた、ありふれた顔の正確な肖像画。周到に柵をめぐらし、入念に耕された庭には、きちんとした縁取りの花壇があって、きれいな花が咲いている。しかし明るく、生き生きとした顔も、広々とした田園も、新鮮な空気も、青い山も、美しい小川も見当たりません。気品はあるけれど、息のつまりそうな家で、ミス・オースティンのえがく淑女や紳士と一緒に暮らしたいとは思いません」。シャーロットは「一体、詩をもたない偉大な芸術家などありうるのでしょうか?」とも述べている。Charlotte Brontë, "Charlotte Brontë on Jane Austen," *Jane Austen: The Critical Heritage*. Ed. B. C. Southam (London: Routledge, 1995), Vol. 1, 126, 127.

3　たとえば、E・M・フォースターは自他ともに許すオースティン・ファンである。第七章参照。

4　新井潤美『不機嫌なメアリー・ポピンズ——イギリス小説と映画から読む「階級」』(平凡社、二〇〇五)、三九–四一、山本明「Jane Austen ブームの背景」、『英語青年』一九九六年八月号(研究社)参照。

5　本書四三–六参照。

6　本書一四五–七参照。

7　本書七六–七参照。

第一章　ヒロインの成長と作者の小説観

1　Cf. Deirdre Le Faye, *Jane Austen: A Family Record*, 2nd ed.（Cambridge: Cambridge Univ. Press, 2004）, 233-4, 245; Carol Shields. *Jane Austen*（London: Weidenfeld & Nicolson, 2001）, 69; John Sutherland & Deirdre Le Faye, *So You Think You Know Jane Austen?: A Literary Quizbook*（Oxford: Oxford Univ. Press, 2005）, 29. 新井潤美『自負と偏見のイギリス文化――J・オースティンの世界』（岩波書店、二〇〇八）、六三、大島一彦『ジェイン・オースティン』（中央公論社、一九九七）、一二〇、藤田清次『評伝ジェーン・オースティン』（北星堂、一九八一）、二八九。

2　タイトルページには一八一八年と記載されているが、実際に出版されたのは一八一七年十二月である。『ノーサンガー・アビー』が出版されるまでの経緯については、多くの論文、研究書が論及している。たとえば、以下を参照。Le Faye, 233-4; Douglas Bush, *Jane Austen*（New York: Collier Books, 1975）, 55-8; R. W. Chapman, *Jane Austen: Facts and Problems*（Oxford: Oxford at the Clarendon Press, 1948）, 74-6; Paul Poplawski, *A Jane Austen Encyclopedia*（Westport: Greenwood Press, 1998）, 209-210. 田中淑子「戦慄を求めて――ゴシック小説の変容」、『イギリス近代小説の誕生――十八世紀とジェイン・オースティン』都留信夫（編著）（ミネルヴァ書房、一九九五）、二八–九、直野裕子『ジェイン・オースティンの小説――女主人公をめぐって――』（開文社、一九八六）、九–一〇、中尾真理『ジェイン・オースティン――小説家の誕生――』（英宝社、二〇〇四）、一二一–五、松本　啓「ロマンスと風刺――『ノーサンガー僧院』の場合――」、『イギリス小説の知的背景』（中央大学出版部、二〇〇五）、一〇七–八。

3　Cf. A. Walton Litz, *Jane Austen: A Study of Her Artistic Development*（London: Chatto and Windus, 1965）, 176. 塩谷清

人『ジェイン・オースティン入門』（北星堂書店、一九九七）、八一–二。

4 Cf. Louise Flavin, *Jane Austen in the Classroom* (New York: Peter Lang, 2004), 17; Marvin Mudrick, *Jane Austen: Irony as Defense and Discovery* (Princeton: Princeton Univ. Press, 1952), 51. 大島、一一七–八、惣谷美智子『ジェイン・オースティン研究――オースティンと言葉の共謀者達――』（旺史社、一九九二）、一五六。

5 Litz, 58.

6 Cf. John Lauber, *Jane Austen* (New York: Twayne Publishers, 1993), 16–7.

7 「美しいカサンドラ」との類似点については、Juliet MacMaster, *Jane Austen the Novelist: Essays Past and Present* (London: Macmillan, 1996), 43–5 を参照。「キャサリン」との類似点については以下を参照。Bush, 58; Alan D. McKillop, "Critical Realism in *Northanger Abbey*," *Jane Austen: A Collection of Critical Essays*. Ed. Ian Watt (Eaglewood Cliffs, N. J.; Prentice Hall, 1963), 55. 樋口欣三『ジェイン・オースティンの文学――喜劇的ヴィジョンの展開――』（英宝社、一九九四）、四四–五。

8 Cf. Mudrick, 51, 53–4; F. B. Pinion, *A Jane Austen Companion* (London: Macmillan, 1973), 76.

9 Cf. Litz, 175. 塩谷、八三、樋口、四三–四、宮崎孝一『オースティン文学の妙味』（鳳書房、一九九九）、一九。

10 ゴシック・ロマンスについては以下を参照。Mudrick, 38. 新井、六六、大島、一一八–九、中尾、一二六–七、鈴木美津子『ジェイン・オースティンとその時代』（成美堂、一九九五）、五一–三。

11 オースティンはこの作品のある部分が時代遅れになってしまったことを指摘したあと、つぎのように述べている。「どうか読者には、この作品が完成してから十三年経っていること、書き始められてからはさらに多くの年月が経っていること、そしてその間に場所、マナー、本、そして考え方もかなり変わってしまっていることを心に留めておいていただきたいのです」。（一一）

12 田中、二九–三一参照。

13 Pinion, 79; Litz, 62.

14 Litz, 61.

15 若い女性の社会への門出は、Fanny Burney の小説のテーマである。Cf. Bush, 57; Pinion, 170. 直野、一一、中尾、一三三。

16 Sylvia Townsend Warner, *Jane Austen*（London: Longmans, Green, 1951）, 5.

17 Cf. Meenakshi Mukherjee, *Jane Austen*（London: Macmillan, 1991）, 118; Janet Todd, *The Cambridge Introduction to Jane Austen*（Cambridge: Cambridge Univ. Press, 2006）, 39. 塩谷、九六–九、惣谷、一五八–六〇。

18 Cf. Todd, 40-1. 田中、七–八。

19 Flavin, 19.

20 Bush, 62.

21 Cf. Pinion, 80. 中尾、一二七–八。

22 Cf. Andrew H. Wright, *Jane Austen's Novels: A Study of Structure*（London: Chatto & Windus, 1953）, 104.

23 中尾、一五一参照。

24 これらは、ノーサンガー・セットと呼ばれている。田中、一九–二一、千葉　麗「田舎娘のゴシック小説――『ノーサンガー・アベイ』と女流ゴシックの水脈――」、『十八世紀イギリス文学研究――躍動する言語表象――』日本ジョンソン協会（編）（開拓社、二〇〇六）、三二四–五参照。

25 Robert Hopkins, "General Tilney and Affairs of State: The Political Gothic of *Northanger Abbey*," *Philological Quarterly*, Vol.57（The University of Iowa, 1978）, 220.

26 Litz, 64.
27 Cf. Hopkins, 216–7. 塩谷、九九–一〇〇、鈴木、五四–八、田中、四四–五、直野、三〇。
28 Hopkins, 218.
29 Hopkins, 219–20.
30 Cf. Todd, 40. 塩谷、一〇〇–一、鈴木、六〇–三、直野、二九–三〇、宮崎、一三–四。
31 結婚に反対しながら、結果的にその結婚を促すという点において、将軍は『高慢と偏見』のレディ・キャサリンと共通している。
32 この点で『分別と多感』のマリアン・ダッシュウッドに類似している。Cf. Mukherjee, 31.
33 Cf. Bush, 61-2; McKillop, 61. 大島、一三六–七。
34 Wright, 67.
35 千葉、三三七参照。
36 Cf. Rachel M. Brownstein, "*Northanger Abbey, Sense and Sensibility, Pride and Prejudice,*" *The Cambridge Companion to Jane Austen*. Ed. Edward Copeland and Juliet McMaster (Cambridge: Cambridge Univ. Press, 1997), 40; Robert P. Irvine, *Jane Austen* (London: Routledge, 2005), 48.
37 Cf. Katrin Ristkok Burlin, "'The Pen of the Contriver': the Four Fictions of *Northanger Abbey*," *Jane Austen: Bicentenary Essays*. Ed. John Halperin (Cambridge: Cambridge Univ. Press, 1975), 103.

第二章　対照的な恋愛と結婚

1 Paul Poplawski, *A Jane Austen Encyclopedia* (Westport: Greenwood Press, 1998), 268.

2 Cf. Tonny Tanner, *Jane Austen*（London: Macmillan, 1986）, 75.

3 フォースターは作中人物を「平面的人物」（"flat character"）と「立体的人物」（"round character"）に分類している。平面的人物とは一つの観念もしくは性質からできている人物であり、二つ以上の要素があると立体的人物になる可能性がある。フォースターによれば、オースティンの作中人物はすべて立体的人物か、あるいは立体的人物になる可能性がある。E. M. Forster, *Aspects of the Novel*, The Abinger Edition 12（London: Edward Arnold, 1974）, 46-7, 51.

4 マリアンとここに名前をあげた人物を単純に同一視することはできないが、すべて自己中心的で、分別をあらわす人物に対立しているという点では共通している。Cf. Douglas Bush, *Jane Austen*（New York: Collier Books, 1975）, 83-4.

5 『分別と多感』を論じるものは、ほぼ例外なしにタイトルの解説をし、分別と多感という用語を定義する。たとえば Watt はタイトルを "Common Sense and Sensitiveness" と言い直している。Ian Watt, "On *Sense and Sensibility*," *Jane Austen: A Collection of Critical Essays*. Ed. Ian Watt（Eaglewood Cliffs, N. J.; Prentice Hall, 1963）, 43. また Poplawski は、sense と sensibility をおおむねつぎのように定義している。少し長いが包括的であるので引用しておく。Poplawski, 268. sense: reason, restraint, social responsibility, the Johnsonian qualities, eighteenth-century neo-classicism（rationality, discrimination, judgment, moderation and balance in all things and a stoical adherence to basic Christian values of honesty, humility, charity, and duty）sensibility: emotion, spontaneity, individualism, Romanticism（feeling, imagination, idealism, excess, and an allegiance to nature and "natural" morality as opposed to culture and conventional morality）Cf. Tanner, 84-5; Vivien Jones, *How to Study a Jane Austen Novel*, 2nd ed.（London: Macmillan, 1997）, 25-6. 大島一彦「オースティン文学の特色」、『ジェイン・オースティンを学ぶ人のために』内田能嗣・

塩谷清人（編）（世界思想社、二〇〇七）、二七一–五、塩谷清人『ジェイン・オースティン入門』（北星堂書店、一九九七）、一〇八–一一。

6 エリナーはエドワードにミセス・フェラーズに許しを求めるよう促し、彼女との和解を模索する。それは、一つには彼女からの経済的援助を期待しているからである。エリナーはあくまで現実的である。

7 Cf. Watt, 45-6; Natalie Tyler, *The Friendly Jane Austen* (New York: Penguin Books, 1999), 92-3. 直野裕子『ジェイン・オースティンの小説――女主人公をめぐって――』（開文社、一九八六）、三四、久守和子「戯画化された感性崇拝」、『イギリス近代小説の誕生――十八世紀とジェイン・オースティン』都留信夫（編著）（ミネルヴァ書房、一九九五）、八一–二。

8 John Lauber, *Jane Austen* (New York: Twayne Publishers, 1993), 27.

9 Cf. Debra Teachman, *Student Companion to Jane Austen* (Westport: Greenwood Press, 2000), 42. 塩谷、一一二。

10 この点でエリナーは『マンスフィールド・パーク』のファニー・プライスと共通し、『説得』のアン・エリオットと異なる。アンは一般論の形をとっているにせよ、自らの思いを吐露することによってウェントワースの心を動かした。だから彼女の結婚は、読者の心をも動かすのだ。

11 鈴木美津子『ジェイン・オースティンとその時代』（成美堂、一九九五）、九五–一二〇参照。

12 谷田恵司・向井秀忠・清水明（編著）『ジェイン・オースティンの世界』（鷹書房弓プレス、二〇〇三）、九参照。

13 Cf. Lauber, 103.

14 Cf. Tanner, 87.

15 Cf. Lauber, 36; Tanner, 100; Marvin Mudrick, *Jane Austen: Irony as Defense and Discovery* (Princeton: Princeton Univ. Press, 1952), 89. 宮崎孝一『オースティン文学の妙味』（鳳書房、一九九九）、四二–四。

16 Cf. Hazel Jones, *Jane Austen and Marriage* (London: Continuum, 2009), 136.
17 Cf. Mudrick, 92; Andrew H. Wright, *Jane Austen's Novels: A Study of Structure* (London: Chatto & Windus, 1953), 86.
18 Mudrick, 88. Cf. Lauber, 36–7; Watt, 49.
19 Cf. Mudrick, 83–5.

第三章　結婚と社会の新しい姿

1 Cf. Debra Teachman, *Student Companion to Jane Austen* (Westport: Greenwood Press, 2000), 65.
2 Cf. R. W. Chapman, *Jane Austen: Facts and Problems* (Oxford: Oxford at the Clarendon Press, 1948), 79; F. B. Pinion, *A Jane Austen Companion* (London: Macmillan, 1973), 93-4. 塩谷清人『ジェイン・オースティン入門』（北星堂、一九九七）、一一三。
3 Cf. Julia Prewitt Brown, *A Reader's Guide to the Nineteenth-Century English Novel* (New York: Macmillan, 1985), xv. 塩谷、二一一。
4 『エマ』のジェイン・フェアファックスは、物語に登場した時点でフランク・チャーチルと婚約しており、本気でガヴァネスの就職口を求めているわけではない。事実、彼女はミセス・エルトンの執拗な就職口の斡旋を断っている。彼女はガヴァネスの契約を結ぶが、フランク・チャーチルが第三巻第十四章の手紙で説明しているように、婚約を解消するという特別な事情があったからである。逆に言えば、フランクと結婚しない場合、彼女はガヴァネスにならざるをえなかったのである。新井潤美『不機嫌なメアリー・ポピンズ——イギリス小説と映画から読む「階級」』（平凡社、二〇〇五）、六二–三参照。
5 当時のこの階級の女性にとっての結婚と職業については以下を参照。Cf. Brown, 63; Douglas Bush, *Jane Austen*

(New York: Collier Books, 1975), 7; Meenakshi Mukherjee, *Jane Austen* (London: Macmillan, 1991), 43-4; Brian Southam, *Jane Austen* (Harlow: Longman, 1975), 35. 鮎沢乗光「結婚をめぐる風刺――新しいヒロインの誕生」、『イギリス近代小説の誕生――十八世紀とジェイン・オースティン』都留信夫（編著）（ミネルヴァ書房、一九九五）、一三四、新井潤美『自負と偏見のイギリス文化――J・オースティンの世界』（岩波書店、二〇〇八）、八四、大島一彦「オースティン文学の特色」、『ジェイン・オースティンを学ぶ人のために』内田能嗣・塩谷清人（編）（世界思想社、二〇〇七）、二六八–九。

6 限嗣相続については、以下を参照。Teachman, 56, 68–9; Daniel Pool, *What Jane Austen Ate and Charles Dickens Knew* (New York: Simon & Schuster, 1993), 89–94, 304; Natalie Tyler, *The Friendly Jane Austen* (New York: Penguin Books, 1999), 117. 大島一彦『ジェイン・オースティン』（中央公論社、一九九七）、一七六。

7 Cf. Bush, 92; Tyler, 115; Rachel M. Brownstein, "*Northanger Abbey, Sense and Sensibility, Pride and Prejudice*," *The Cambridge Companion to Jane Austen.* Ed. Edward Copeland and Juliet McMaster (Cambridge: Cambridge Univ. Press, 1997), 50. 大島『ジェイン・オースティン』、一七二–三、宮崎孝一『オースティン文学の妙味』（鳳書房、一九九九）、五一。

8 Vivien Jones, *How to Study a Jane Austen Novel*, 2nd ed. (London: Macmillan, 1997), 37. Cf. Brown, 73; Pool, 181.

9 Cf. John Lauber, *Jane Austen* (New York: Twayne Publishers, 1993), 49.

10 Marvin Mudrick, *Jane Austen: Irony as Defense and Discovery* (Princeton: Princeton Univ. Press, 1952), 108.

11 Teachman, 66. Cf. Jones, 37.

12 このような駆け落ちは、小説を終わらせるためのオースティンの常套的な手段である。たとえば、『マンスフィールド・パーク』では、ヘンリーがマライアと、ジュリアがイェーツと駆け落ちをしている。Cf. Bush, 99. 宮崎、六一―二、本書一三七―九。

13 Cf. Lauber, 53; Teachman, 62.

14 本書一四〇参照。

15 Cf. Tyler, 135–6. 塩谷、一四九。

16 Mudrick, 106.

17 Cf. Teachman, 64; A. Walton Litz, *Jane Austen: A Study of Her Artistic Development* (London: Chatto and Windus, 1965), 102.

18 本書四八―五〇参照。

19 Cf. Jones, 45. 川本静子『ジェイン・オースティンと娘たち——イギリス風俗小説論』（研究社、一九八四）、二五―三〇。

20 Cf. B. C. Southam, ed., *Jane Austen: The Critical Heritage* (London: Routledge, 1995), Vol. 1, 126-8. 川本、四一―五〇。

21 Brown, 8. 一万ポンドという年収は、彼がイギリスのトップの三、四百世帯の一員であることをしめしている。

22 紳士（gentleman）については、Brown, 10および大島一彦「オースティン文学の特色」、二六八参照。

23 Cf. Jones, 47; Mudrick, 124; Alistair M. Duckworth, *The Improvement of the Estate* (Baltimore: The John Hopkins Univ. Press, 1994), 38. 塩谷、一六一。

24 Cf. Bush, 91; Lauber, 58; Valerie Grosvenor Myer, *Ten Great English Novelists* (London: Vision Press, 1990), 70.

25 Litz, 105.

第四章　不安定な安定

1 D. W. Harding, "Regulated Hatred: An Aspect of the Work of Jane Austen," *Jane Austen: A Collection of Critical Essays*. Ed. Ian Watt (Eaglewood Cliffs, N. J.; Prentice Hall, 1963), 175.

2 Lionel Trilling, "*Mansfield Park*," *The Opposing Self* (New York: Harcourt Brace Jovanovich, 1955), 186.

3 Tony Tanner, "Jane Austen and 'The Quiet Thing' —— A Study of *Mansfield Park*," *Critical Essays on Jane Austen*. Ed. B. C. Southam (London: Routledge & Kegan Paul, 1968), 137.

4 Cf. Douglas Bush, *Jane Austen* (New York: Collier Books, 1975), 133; John Lauber, *Jane Austen* (New York: Twayne Publishers, 1993), 61. 海老根宏「*Mansfield Park* の位置」、『英国小説研究』第一二冊（篠崎書林、一九七七）、九二-四、塩谷清人『ジェイン・オースティン入門』（北星堂、一九九七）、一六九、鈴木美津子『ジェイン・オースティンとその時代』（成美堂、一九九五）、一八六。

5 Cf. Bush, 110; Lauber, 75, 78.

6 Cf. Bush, 110; Lauber, 73, 75, 78; Tanner, 141–2; Trilling, "*Mansfield Park*," 197; Claire Tomalin, *Jane Austen* (New York: Vintage Books, 1997), 226–7. 摂政時代については、新井潤美『自負と偏見のイギリス文化——J・オースティンの世界』（岩波書店、二〇〇八）、二一-一六参照。摂政時代は「奢侈と堕落の時代」（三）であった。

7 塩谷、一六八、直野裕子『ジェイン・オースティンの小説——女主人公をめぐって——』（開文社、一九八六）、七参照。

8 このことに関連して、『マンスフィールド・パーク』が西インド諸島における砂糖プランテーションや奴隷貿易と関連づけて議論されることがある。オースティンがこれらの問題を意識していたこと、そしてそのような問題がこの小説の背景として存在することは事実だが、中心的な問題になっているとは言えない。ファニーの奴隷問題にかんする発言は、"a dead silence"（一九八）によってかき消されてしまうのである。この問題については以下を参照。Gary Kelly, "Religion and Politics," *The Cambridge Companion to Jane Austen*. Ed. Edward Copeland and Juliet McMaster（Cambridge: Cambridge Univ. Press, 1997）, 158–9; Edward W. Said, "Jane Austen and Empire," *Culture and Imperialism*（New York: Vintage Books, 1993）; John Sutherland, "Where Does Sir Thomas's Wealth Come from?" *The Literary Detective: 100 Puzzles in Classic Fiction*（Oxford: Oxford Univ. Press, 2000）. 海老根宏「カントリー・ハウスと奴隷制――E・サイードのオースティン論をめぐって」、『英国小説研究』第一八冊（英潮社、一九九七）、海老根宏「オースティンを読むサイード」、『英語青年』二〇〇四年一月号（研究社）、高橋和久「マンスフィールド・パークとアンティグアのあいだ――オースティンを読むサイードを読むための覚書」、『批評のヴィジョン』富山太佳夫（編）（研究社、二〇〇一）。

9 Cf. Tanner, 142. 海老根「カントリー・ハウスと奴隷制――E・サイードのオースティン論をめぐって――」、一〇〇、一〇二。

10 多くの場合、鉄の門と鍵が性的な意味をもっていること、登場人物の言動があとの出来事の伏線になっていることが指摘されている。Cf. Bush, 115–6; Lauber, 70; Tanner, 150–2. 大島一彦『ジェイン・オースティン』（中央公論社、一九九七）、二〇一–四、塩谷、一七八–八一。ha-ha については、山本利治「Ha-ha のはなし――オースティンの世界の背景――」、『英語青年』一九八八年三月号（研究社）参照。

11 大島、二〇五–七参照。

12 Tanner, 152.

13 オースティンと福音主義（Evangelicalism）の関連を指摘するものもいる。Cf. Bush, 11–2; John Sutherland, "Where

"Does Sir Thomas's Wealth Come from?" 8; Trilling, "Mansfield Park," 194; Jonas Barish, *The Antitheatrical Prejudice*（Los Angels: Univ. of California Press, 1981）, 303; Julia Prewitt Brown, *A Reader's Guide to the Nineteenth-Century English Novel*（New York: Macmillan, 1985）, 42; Richard Gill and Susan Gregory, *Mastering the Novels of Jane Austen*（Basingstoke: Palgrave Macmillan, 2003）, 229. Chapman はオースティンが貴族に反感をもっていたことを指摘している。R. W. Chapman, *Jane Austen: Facts and Problems*（Oxford: Oxford at the Clarendon Press, 1948）, 198–9.

14　Barish, 299.

15　Tanner, 153.

16　Trilling, "Mansfield Park," 192.

17　Cf. Lionell Triling, *Sincerity and Authenticity*（Cambridge: Harvard University Press, 1971）, 75–6.

18　このことの一つの原因はファニーとエドマンドがいとこ同士であり、二人の関係が近親相姦的であることである。この問題については、本書二一二–三参照。

19　ファニーがポーツマスに滞在することの意義については、Meenakshi Mukherjee, *Jane Austen*（London: Macmillan, 1991）, 61–2 参照。

20　Cf. Tomalin, 227–8; Deborah Kaplan, *Jane Austen among Women*（Baltimore: Johns Hopkins Univ. Press, 1992）, 104.

21　David Cecil, *Poets and Story-Tellers*（London: Constable, 1949）, 107.

22　Cf. John Sutherland, "Pug: dog or bitch?" *The Literary Detective: 100 Puzzles in Classic Fiction*, 281–2. 小池 滋「何もしないで玉の輿にのった、ファニー・プライス」、『鏡よ、鏡よ』（筑摩書房、一九九五）、五七–六四。

23　海老根宏「カントリー・ハウスと奴隷制」、一〇八–一一〇参照。

第五章　現実認識と共同体の秩序

1　Cf. Emily Auerbach, *Searching for Jane Austen* (Madison: The University of Wisconsin Press, 2004), 201.

2　摂政皇太子への献呈やオースティンとクラークとの遣り取りについては以下を参照。Douglas Bush, *Jane Austen* (New York: Collier Books, 1975), 31–2; David Cecil, *Poets and Story-Tellers* (London: Constable, 1949), 101; Margaret Anne Doody, "The Short Fiction," *The Cambridge Companion to Jane Austen*. Ed. Edward Copeland and Juliet McMaster (Cambridge: Cambridge Univ. Press, 1997), 88–9; Darryl Jones, *Jane Austen* (Basingstoke: Palgrave Macmillan, 2004), 154; John Lauber, *Jane Austen* (New York: Twayne Publishers, 1993), 7; F. B. Pinion, *A Jane Austen Companion* (London: Macmillan, 1973), 21-2. 大島一彦『ジェイン・オースティン』(中央公論社、一九九七)、一〇一–七、塩谷清人『ジェイン・オースティン入門』(北星堂書店、一九九七)、四九、七一–二、直野裕子『ジェイン・オースティンの小説——女主人公をめぐって——』(開文社、一九八六)、三–四、中尾真理『ジェイン・オースティン——象牙の細工——』(英宝社、二〇〇七)、一九五–九、久守和子『イギリス小説のヒロインたち——〈関係のダイナミックス〉——』(ミネルヴァ書房、一九九八)、九二。

3　Cf. Pinion 114. 都留信夫「女性作家とそのヒロインたち——コートシップ・ノヴェルの展開」、『イギリス近代小説の誕生——十八世紀とジェイン・オースティン』都留信夫(編著)(ミネルヴァ書房、一九九五)、二二二、樋口欣三『十八世紀イギリス小説の視点——幸福・富・家族——』(関西大学出版部、二〇〇一)、一五〇。

4　ボックス・ヒルはハイベリーから六マイルしか離れていない。ドンウェル・アビーやボックス・ヒルも事実上ハイベリーに属する共同体と考えて差し支えない。

5 塩谷二〇六–七、樋口、『十八世紀イギリス小説の視点』、一五一–二参照。

6 Cf. Juliet McMaster, "Class," *The Cambridge Companion to Jane Austen*. Ed. Edward Copeland and Juliet McMaster (Cambridge: Cambridge University Press, 1997), 118; John Wiltshire, *Jane Austen: Introductions and Interventions* (New York: Palgrave Macmillan, 2006), 26.

7 大島一彦「オースティン文学の特色」、『ジェイン・オースティンを学ぶ人のために』内田能嗣・塩谷清人（編）（世界思想社、二〇〇七）、二六七–八、鈴木美津子『ジェイン・オースティンとその時代』（成美堂、一九九五）、二三七–八、新野緑「「笑うヒロイン」――『エマ』における言葉・マナー・認識――」、『英国小説研究』第二三冊（英潮社フェニックス、二〇〇八）、六一–二参照。

8 一三頁によれば「丸一年」、一三六頁によれば、「二年足らず」である。

9 例外は第一巻第五章と第三巻第五章で、おもにナイトリーの視点からえがかれている。

10 James Edward Austen-Leigh, *Memoir of Jane Austen*. Ed. R. W. Chapman (Oxford:Oxford at the Clarendon Press, 1926), 157.

11 hypochondria については、新井潤美『自負と偏見のイギリス文化――J・オースティンの世界』（岩波書店、二〇〇八）、一二九、一四四–八参照。

12 『高慢と偏見』の冒頭同様、『エマ』の冒頭も繰り返し論じられている。たとえば、以下を参照。Wayne C. Booth, *The Rhetoric of Fiction* (Chicago: The University of Chicago Press, 1961), 256–7; Geoffrey N. Leech & Michael H. Short, *Style in Fiction: A Linguistic Introduction to English Fictional Prose* (London: Longman, 1981), 274–5; David Lodge, *The Art of Fiction* (London: Penguin Books, 1992), 5–6; Paul Poplawski, *A Jane Austen Encyclopedia* (Westport: Greenwood Press, 1998), 130; John Sutherland & Deirdre Le Faye, *So You Think You Know Jane Austen?: A Literary*

Quizbook（Oxford: Oxford Univ. Press, 2005）, 184.

13　エマの階級意識は、少なくとも当初コール家を軽蔑していたことにもあらわれている。コール邸のパーティに出席したあと、エマは「威厳ある孤立」（二三一）は失われてしまったと感じている。Cf. McMaster, 123-4.

14　このエピソードについては、以下を参照。McMaster, 128; Wiltshire, 27; Julia Prewitt Brown, *Jane Austen's Novels: Social Change and Literary Form*（Cambridge: Harvard Univ. Press, 1979）, 113-5; Arnold Kettle, *An Introduction to the English Novel*（London: Hutchinson, 1967）, Vol. I, 96-7; Meenakshi Mukherjee, *Jane Austen*（London: Macmillan, 1991）, 133. 塩谷二〇八-九、富山太佳夫「ケアの散乱――ジェイン・オースティン再考」、『英文学への挑戦』（岩波書店、二〇〇八）、一二五-六。

15　Cf. Bush, 166.

16　「間違い」は、ペリーが馬車を買う予定であることをフランクが洩らしてしまったことに言及している。「ディクソン」は、エマがジェインとディクソンとの不倫を疑い、ピアノの贈り主がディクソンだと考えていることに言及している。

17　階級とペリー医師にかんする発言はクラウン亭の舞踏会についてなされたものであり、隙間風にかんする発言はウェストン邸の舞踏会（実際には行われていない）についてなされたものである。Cf. Janet Todd, *The Cambridge Introduction to Jane Austen*（Cambridge: Cambridge Univ. Press, 2006）, 109. 樋口欣三『ジェイン・オースティンの文学――喜劇的ヴィジョンの展開――』（英宝社、一九九四）、二二一-三。

18　廣野由美子『視線は人を殺すか――小説論11講――』（ミネルヴァ書房、二〇〇八）、一一一-三参照。

19　Cf. Sutherland & Le Faye, 196-7; John Sutherland, "How Vulgar is Mrs Elton?" *The Literary Detective: 100 Puzzles in Classic Fiction*（Oxford: Oxford Univ. Press, 2000）, 285-6. 向井秀忠「ハイベリーの彼方に世界が見える――帝国

の中のジェイン・オースティン」、『未分化の母体――十八世紀英文学論集――』（英宝社、二〇〇七）、二八五–六。

20 ジョージはイングランドの守護聖人の名前であり、ナイトリーは騎士（knight）を連想させる。フランクという名前はフランスを連想させる。Cf. Jones, 147–8; Todd, 109. 都留 二四一、直野 一四二、向井、二八三、二八九。

21 エマとミセス・エルトンの共通点については、以下を参照。Brown, 104; Bush, 165; Lauber, 85-6; Marvin Mudrick, *Jane Austen: Irony as Defense and Discovery*（Princeton: Princeton Univ. Press, 1952）, 194. 大島『ジェイン・オースティン』、二四一、直野、一四八、坂本 武「笑う語り手―― Jane Austen, *Emma* の喜劇的技法」、『英国小説研究』第二二冊（英潮社、二〇〇六）、六二–三、惣谷美智子『ジェイン・オースティン研究――オースティンと言葉の共謀者達――』（旺史社、一九九二）、二九二、三二六。

22 Mukherjee 128. Cf. R. W. Chapman, "Manners of the Age," *Emma*, 512-3. 新井、一三四–五、中尾 一八〇–六。

23 Kettle, 92–3.

24 Cf. Todd, 108. 都留、二四三。

25 Cf. Deirdre Le Faye, *Jane Austen: A Family Record*, 2nd ed.（Cambridge: Cambridge Univ. Press, 2004）, 230; Sutherland, "Apple-blossom in June?" *The Literary Detective*, 16–19.

26 ドンウェル・アビーの屋敷とアビー・ミル農場の描写については以下を参照。Bush, 151; Jones, 145-6; Lauber, 89; Mukherjee, 63; Wiltshire 33–5.

27 Le Faye, 240–1.

28 二人の結婚の意義については、以下を参照。Jones, 146–7; Marilyn Butler, *Jane Austen and the War of Ideas*（Oxford:

Clarendon Press, 1975), 273. 塩谷、二二五-六、鈴木、二七三、向井、二九六。

第六章　ロマンスへの傾斜

1 James Edward Austen-Leigh, *Memoir of Jane Austen*. Ed. R. W. Chapman (Oxford: Oxford at the Clarendon Press, 1926), 166. Cf. Deirdre Le Faye, *Jane Austen* (London: The British Library, 1998), 99; Claire Tomalin, *Jane Austen* (New York: Vintage Books, 1997), 261. 『説得』の制作事情および旧稿と改稿の比較については、多くの論文・研究書が論及している。改稿の方が優れているというのがほぼ一致した意見である。

2 Cf. F. B. Pinion, *A Jane Austen Companion* (London: Macmillan, 1973), 123; Paul Poplawski, *A Jane Austen Encyclopedia* (Westport: Greenwood Press, 1998), 226.

3 Cf. Le Faye, *Jane Austen*, 90–1.

4 Cf. Juliet McMaster, "Class," *The Cambridge Companion to Jane Austen*. Ed. Edward Copeland and Juliet McMaster (Cambridge: Cambridge University Press, 1997), 119, 121–2.

5 Cf. Pinion, 128; Tomalin, 259–60; Gary Kelly, "Jane Austen, Romantic Feminism, and Civil Society," *Jane Austen and Discourses of Feminism*. Ed. Devoney Looser (London: Macmillan, 1995), 29–30; Deirdre Le Faye, *Jane Austen: A Family Record*, 2nd ed. (Cambridge: Cambridge University Press, 2004), 233. 大島一彦『ジェイン・オースティン』(中央公論社、一九九七)、二五九。

6 『マンスフィールド・パーク』において、ファニーがエドマンドと結婚することによって、物理的にも、精神的にもマンスフィールド・パークの後継者となり、伝統的秩序が維持される。『エマ』においても、エマとナイトリーが結婚することによって共同体の秩序が強化される。Cf. Meenakshi Mukherjee, *Jane Austen* (London:

Macmillan, 1991), 68–9.

7 Cf. Andrew H. Wright, *Jane Austen's Novels: A Study in Structure* (London: Chatto & Windus, 1954), 35, 161. 青木　剛「生活実践としての自立――フェミニズムの底流」、『イギリス近代小説の誕生――十八世紀とジェイン・オースティン』都留信夫（編著）（ミネルヴァ書房、一九九五）、二八四–六、新井潤美『自負と偏見のイギリス文化――J・オースティンの世界』（岩波書店、二〇〇八）、四七。

8 大島、四六–八、山根木加名子『現代批評でよむ英国女性小説』（鷹書房弓プレス、二〇〇五）、一五七–八参照。

9 *Persuasion* というタイトルの意味とその邦訳については以下を参照。吉田安雄『イギリス小説研究――テキストの注釈と主題の解明』（研究社、一九九四）、五二–七一。

10 ちなみに『ノーサンガー・アビー』のキャサリン・モーランドは十七歳、『高慢と偏見』のエリザベス・ベネットは二十歳、『エマ』のエマ・ウッドハウスは二十一歳、『分別と多感』のエリナーとマリアンはそれぞれ十九歳と十六歳、『マンスフィールド・パーク』のファニー・プライスは小説が始まった時点で十歳である。 Cf. John Lauber, *Jane Austen* (New York: Twayne Publishers, 1993), 95; Vivien Jones, *How to Study a Jane Austen Novel*, 2nd ed. (London: Macmillan, 1997), 70. 中尾真理『ジェイン・オースティン――象牙の細工――』（英宝社、二〇〇七）、二一五–六。

11 Cf. Lauber, 96; John Wiltshire, "*Mansfield Park, Emma, Persuasion*," *The Cambridge Companion to Jane Austen*. Ed. Edward Copeland and Juliet McMaster, 76.

12 Douglas Bush, *Jane Austen* (New York: Collier Books, 1975), 169.

13 Cf. Marilyn Butler, *Jane Austen and the War of Ideas* (Oxford: Clarendon Press, 1975), 278–9. 山根木、一六五、一六七。

14 Cf. Lauber, 103.

15 Virginia Woolf, “Jane Austen,” *The Common Reader: First Series*（London: The Hogarth Press, 1962）, 174.

16 Cf. Tomalin, 258.

17 Cf. Bush, 179. 松本　啓「ロマンスと現実――『説得』の場合」、『イギリス小説とその周辺――米田一彦教授退官記念』（英宝社、一九七七）、七四–五。

18 Cf. Wright, 168–9.

19 Cf. Glenda A. Hudson, *Sibling Love and Incest in Jane Austen's Fiction*（London: Macmillan, 1992）, 92; Lauber, 105–6. 鈴木美津子『ジェイン・オースティンとその時代』（成美堂、一九九五）、二六一–二。

20 Cf. Lauber, 95; Woolf, 152; Margaret Kennedy, *Jane Austen*, 2nd ed.（London: Arthur Barker, 1966）, 85; Laurence Learner, *The Truth Tellers: Jane Austen, George Eliot, D. H. Lawrence*（Chatto & Windus, 1967）, 171.

第七章　オースティンとフォースター

1 Cf. John Bayley, *The Uses of Division: Unity and Disharmony in Literature*（London: Chatto and Windus, 1976）, 27; Frank W. Bradbrook, *Jane Austen and Her Predecessors*（London: Cambridge Univ. Press, 1966）, 48; K. W. Gransden, *E. M. Forster*, Revised Edition（Edinburgh: Oliver and Boyd, 1970）, 9–10; John Sayre Martin, *E. M. Forster: The Endless Journey*（Cambridge: Cambridge Univ. Press, 1976）, 165, 173; Clara Tuite, “Decadent Austen Entails: Forster, James, Firbank, and the ‘Queer Taste’ of *Sanditon*,” *Janeites*. Ed. Deidre Lynch（Princeton: Princeton Univ. Press, 2000）, 121, 122; Ian Watt, “Introduction,” *Jane Austen: A Collection of Critical Essays*（Englewood Cliffs, N. J.: Prentice-Hall, 1963）, 8–9.

2 E. M. Forster, “Jane Austen,” *Abinger Harvest and England's Pleasant Land*. The Abinger Edtition 10（London: Andre

Deutsch, 1996), 142.

3 E. M. Forster, "In My Library," *Two Cheers for Democracy*. The Abinger Edition 11 (London: Edward Arnold, 1972), 298.

4 E. M. Forster, "Notes on the English Character," *Abinger Harvest and England's Pleasant Land*, 11.

5 E. M. Forster, *Aspects of the Novel*, The Abinger Edition 12 (London: Edward Arnold, 1974), 51.

6 Forster, *Aspects of the Novel*, 53.

7 P. N. Furbank & F. J. H. Haskell, "E. M. Forster," *Writers at Work: The Paris Review Interviews*. Ed. Malcolm Cowley (New York: The Viking Press, 1958), 34.

8 John Colmer, "Marriage and Personal Relations in Forster's Fiction," *E. M. Forster: Centenary Revaluations*. Ed. Judith Scherer Herz & Robert K. Martin (London: Macmillan, 1982), 113.

9 Frederick C. Crews, *E. M. Forster: The Perils of Humanism* (Princeton: Princeton Univ. Press, 1962), 96.

10 Gransden, 37. 小野寺健『E・M・フォースターの姿勢』(みすず書房、二〇〇一)、一〇七–八参照。

11 Martin, 89.

12 John Beer, *The Achievement of E. M. Forster* (London: Chatto and Windus, 1962), 84.

13 本書五〇–一参照。

14 E. M. Forster, *Howards End*, The Abinger Edition 4 (London: Edward Arnold, 1973), 102.『ハワーズ・エンド』からの引用はこの版により、ページ数を記す。

15 大島一彦「オースティン文学の特色」、『ジェイン・オースティンを学ぶ人のために』内田能嗣・塩谷清人(編)(世界思想社、二〇〇七)、二六七–八、鈴木美津子『ジェイン・オースティンとその時代』(成美堂、一九九五）、二三七―八参照。

16 Cf. Douglas Bush, *Jane Austen* (New York: Collier Books, 1975), 110; Lionel Trilling, *Sincerity and Authenticity* (Cambridge: Harvard University Press, 1971), 73-4. 塩谷清人『ジェイン・オースティン入門』（北星堂書店、一九九七）、一七一。

17 本書一一八参照。

18 マンスフィールド・パークについては、本書一四三、ハワーズ・エンドについては、川口能久『E・M・フォースターの小説』（英宝社、一九九三）、一一六参照。

19 海老根宏「オースティンを読むサイード」、『英語青年』二〇〇四年一月号（研究社）参照。

20 Cf. Glenda A. Hudson, *Sibling Love & Incest in Jane Austen's Fiction* (London: Macmillan, 1999), 29, 31. 樋口欣三『ジェイン・オースティンの文学――喜劇的ヴィジョンの展開――』（英宝社、一九九四）、一八五―六。

21 例外は『説得』である。本書第六章参照。

22 ちなみに言えば、オースティンが姉のカサンドラと同性愛的関係にあった可能性が指摘されている。Cf. Terry Castle, "Was Jane Austen Gay?" *Boss Ladies, Watch Out!: Essays on Women, Sex, and Writing* (London: Routledge, 2002), 125-136.

23 柴田徹士「Jane Austen: "Emma"」、『英國小説研究』第一冊（文進堂、一九五四）、一一五―六参照。

24 フォースターの作品については、川口能久『E・M・フォースターの小説』参照。

参考文献

原則として、引用、言及、参照した文献のみを記載する。
作品や手紙、研究書や論文などの邦訳に際しては、ここに記載した邦訳を参考にした。

I. 英語文献

1. 作品・書簡

Austen, Jane. *Sense and Sensibility*. Ed. R. W. Chapman. The Novels of Jane Austen. Vol. I, 3rd ed. Oxford: Oxford Univ. Press, 1933.

——. *Pride and Prejudice*. Ed. R. W. Chapman. The Novels of Jane Austen. Vol. II, 3rd ed. Oxford: Oxford Univ. Press, 1932.

——. *Mansfield Park*. Ed. R. W. Chapman. The Novels of Jane Austen. Vol. III, 3rd ed. Oxford: Oxford Univ. Press, 1934.

——. *Emma*. Ed. R. W. Chapman. The Novels of Jane Austen. Vol. IV, 3rd ed. Oxford: Oxford Univ. Press, 1933.

——. *Northanger Abbey and Persuasion*. Ed. R. W. Chapman. The Novels of Jane Austen. Vol. V, 3rd ed. Oxford: Oxford Univ. Press, 1933.

——. *Jane Austen's Letters*. Ed. Deirdre Le Faye. 3rd ed. Oxford: Oxford Univ. Press, 1995.

2. 研究書・論文等

Auerbach, Emily. *Searching for Jane Austen*. Madison: The University of Wisconsin Press, 2004.

Austen-Leigh, James Edward. *Memoir of Jane Austen*. Ed. R. W. Chapman. Oxford: Oxford at the Clarendon Press, 1926.

Barish, Jonas. *The Antitheatrical Prejudice*. Los Angels: Univ. of California Press, 1981.

Bayley, John. *The Uses of Division: Unity and Disharmony in Literature*. London: Chatto & Windus, 1976.

Beer, John. *The Achievement of E. M. Forster*. London: Chatto and Windus, 1962.

Booth, Wayne C. *The Rhetoric of Fiction*. Chicago: The University of Chicago Press, 1961.　邦訳　米本弘一・服部典之・渡辺克昭（訳）『フィクションの修辞学』水声社、一九九一。

Bradbrook, Frank W. *Jane Austen and Her Predecessors*. London: Cambridge Univ. Press, 1966.

Brontë, Charlotte. "Charlotte Brontë on Jane Austen." *Jane Austen: The Critical Heritage*. Vol. 1. Ed. B. C. Southam. London: Routledge & Kegan Paul, 1995.

Brown, Julia Prewitt. *Jane Austen's Novels: Social Change and Literary Form*. Cambridge: Harvard Univ. Press, 1979.

——. *A Reader's Guide to the Nineteenth-Century English Novel*. New York: Macmillan, 1985.　邦訳　松村昌家（訳）『十九世紀イギリスの小説と社会事情』英宝社、一九八七。

Brownstein, Rachel M. "*Northanger Abbey*, *Sense and Sensibility*, *Pride and Prejudice*." *The Cambridge Companion to Jane Austen*. Ed. Edward Copeland and Juliet McMaster. Cambridge: Cambridge Univ. Press, 1997.

Burlin, Katrin Ristkok. "The Pen of the Contriver': the Four Fictions of *Northanger Abbey*." *Jane Austen: Bicentenary Essays*. Ed. John Halperin. Cambridge: Cambridge Univ. Press, 1975.

Bush, Douglas. *Jane Austen*. New York: Collier Books, 1975.

Butler, Marilyn. *Jane Austen and the War of Ideas*. Oxford: Clarendon Press, 1975.

Castle, Terry. "Was Jane Austen Gay?" *Boss Ladies, Watch Out!: Essays on Women, Sex, and Writing*. London: Routledge, 2002.

Cecil, David. *Poets and Story-Tellers*. London: Constable, 1949.

Chapman, R. W. *Jane Austen: Facts and Problems*. Oxford: Oxford at the Clarendon Press, 1948.

Colmer, John. "Marriage and Personal Relations in Forster's Fiction." *E. M. Forster: Centenary Revaluations*. Ed. Judith Scherer Herz & Robert K. Martin. London: Macmillan, 1982.

Crews, Frederick C. *E. M. Forster: The Perils of Humanism*. Princeton: Princeton Univ. Press, 1962.

Doody, Margaret Anne. "The Short Fiction." *The Cambridge Companion to Jane Austen*. Ed. Edward Copeland and Juliet McMaster. Cambridge: Cambridge Univ. Press, 1997.

Duckworth, Alistair M. *The Improvement of the Estate: A Study of Jane Austen's Novels*. Baltimore: The John Hopkins Univ. Press, 1994.

Flavin, Louise. *Jane Austen in the Classroom*. New York: Peter Lang, 2004.

Forster, E. M. *Aspects of the Novel*. The Abinger Edition 12. London: Edward Arnold, 1974.　邦訳　中野康司（訳）『小説の諸相』（E・M・フォースター著作集8）みすず書房、一九九四。

——. *Howards End*. The Abinger Edition 4. London: Edward Arnold, 1973.　邦訳　小池　滋（訳）『ハワーズ・エンド』（E・M・フォースター著作集3）みすず書房、一九九四。

——. "In My Library." *Two Cheers for Democracy*. The Abinger Edition 11. London: Edward Arnold, 1972.　邦訳　小野寺健（訳）「私の書斎で」、『民主主義に万歳二唱Ⅱ』（E・M・フォースター著作集12）みすず書房、一九九四。

——. "Jane Austen." *Abinger Harvest and England's Pleasant Land*. The Abinger Edtition 10. London: Andre Deutsch, 1996.　邦訳　北條文緒（訳）「ジェイン・オースティン」、『アビンジャー・ハーヴェストⅠ』（E・M・フォース

ター著作集９）みすず書房、一九九五。

——. “Notes on the English Character.” *Abinger Harvest and England's Pleasant Land*. The Abinger Edition 10. London: Andre Deutsch, 1966.　邦訳　小野寺健（訳）「イギリス国民性覚え書き」、『アビンジャー・ハーヴェストⅠ』（E・M・フォースター著作集９）みすず書房、一九九五。

Furbank, P. N. and F. J. H. Haskell. “E. M. Forster.” *Writers at Work: The Paris Review Interviews*. Ed. Malcolm Cowley. New York: The Viking Press, 1958.

Gill, Richard and Susan Gregory. *Mastering the Novels of Jane Austen*. Basingstoke: Palgrave Macmillan, 2003.

Gransden, K. W. *E. M. Forster*. Revised Edition. Edinburgh: Oliver and Boyd, 1970.

Harding, D. W. “Regulated Hatred: An Aspect of the Work of Jane Austen.” *Jane Austen: A Collection of Critical Essays*. Ed. Ian Watt. Eaglewood Cliffs, N. J.; Prentice Hall, 1963.

Hopkins, Robert. “General Tilney and Affairs of State: the Political Gothic of *Northanger Abbey*.” *Philological Quarterly*, Vol. 57. The University of Iowa, 1978.

Hudson, Glenda A. *Sibling Love and Incest in Jane Austen's Fiction*. London: Macmillan, 1999.

Irvine, Robert P. *Jane Austen*. London: Routledge, 2005.

Jones, Darryl. *Jane Austen*. Basingstoke: Palgrave Macmillan, 2004.

Jones, Hazel. *Jane Austen and Marriage*. London: Continuum, 2009.

Jones, Vivien. *How to Study a Jane Austen Novel*. 2nd ed. London: Macmillan, 1997.

Kaplan, Deborah. *Jane Austen among Women*. Baltimore: Johns Hopkins Univ. Press, 1992.

Kelly, Gary. “Jane Austen, Romantic Feminism, and Civil Society.” *Jane Austen and Discourses of Feminism*. Ed. Devoney

Looser. London: Macmillan, 1995.
——. "Religion and Politics." *The Cambridge Companion to Jane Austen*. Ed. Edward Copeland and Juliet McMaster. Cambridge: Cambridge Univ. Press, 1997.
Kennedy, Margaret. *Jane Austen*. 2nd ed. London: Arthur Barker, 1966.
Kettle, Arnold. *An Introduction to the English Novel*. 2 vols. 2nd ed. London: Hutchinson, 1967.　邦訳　小池　滋・山本和平・伊藤欣二・井出弘之（訳）『イギリス小説序説』研究社、一九七四。
Lauber, John. *Jane Austen*. New York: Twayne Publishers, 1993.
Learner, Laurence. *The Truth Tellers: Jane Austen, George Eliot, D. H. Lawrence*. Chatto & Windus, 1967.
Leech, Geoffrey N. & Michael H. Short, *Style in Fiction: A Linguistic Introduction to English Fictional Prose*. London: Longman, 1981.　邦訳　石川慎一郎・瀬良晴子・廣野由美子（訳）『小説の文体：英米小説への言語学的アプローチ』研究社、二〇〇三。
Le Faye, Deirdre. *Jane Austen*. London: The British Library, 1998.　邦訳　川成　洋（監訳）、太田美智子（訳）『図説ジェイン・オースティン』ミュージアム図書、二〇〇〇。
——. *Jane Austen: A Family Record*. 2nd ed. Cambridge: Cambridge Univ. Press, 2004.
Litz, A. Walton. *Jane Austen: A Study of Her Artistic Development*. London: Chatto and Windus, 1965.
Lodge, David. *The Art of Fiction*. London: Penguin Books, 1992.　邦訳　柴田元幸・斉藤兆史（訳）『小説の技巧』白水社、一九九七。
McKillop, Alan D. "Critical Realism in *Northanger Abbey*" *Jane Austen: A Collection of Critical Essays*. Ed. Ian Watt. Eaglewood Cliffs, N. J.; Prentice Hall, 1963.

MacMaster, Juliet. "Class." *The Cambridge Companion to Jane Austen*. Ed. Edward Copeland and Juliet McMaster. Cambridge: Cambridge University Press, 1997.

——. *Jane Austen the Novelist: Essays Past and Present*. London: Macmillan, 1996.

Martin, John Sayre. *E. M. Forster: The Endless Journey*. Cambridge: Cambridge Univ. Press, 1976.

Mudrick, Marvin. *Jane Austen: Irony as Defense and Discovery*. Princeton: Princeton Univ. Press, 1952.

Mukherjee, Meenakshi. *Jane Austen*. London: Macmillan, 1991.

Myer, Valerie Grosvenor. *Ten Great English Novelists*. London: Vision Press, 1990. 邦訳 林 昭夫（監訳）『英国の著名小説家十人』開文社、一九九六。

Pinion, F. B. *A Jane Austen Companion*. London: Macmillan, 1973.

Pool, Daniel. *What Jane Austen Ate and Charles Dickens Knew*. New York: Simon & Schuster, 1993. 邦訳 片岡 信（訳）『19世紀のロンドンはどんな匂いがしたのだろう』青土社、一九九七。

Poplawski, Paul. *A Jane Austen Encyclopedia*. Westport: Greenwood Press, 1998. 邦訳 向井秀忠（監訳）『ジェイン・オースティン事典』鷹書房弓プレス、二〇〇三。

Said, Edward W. "Jane Austen and Empire." *Culture and Imperialism*. New York: Vintage Books, 1993. 邦訳 大橋洋一（訳）『文化と帝国主義』1、2。みすず書房、一九九八、二〇〇一。

Shields, Carol. *Jane Austen*. London; Weidenfeld & Nicolson, 2001. 邦訳 内田能嗣・惣谷美智子（監訳）『ジェイン・オースティンの生涯——小説家の視座から』世界思想社、二〇〇九。

Southam, Brian. *Jane Austen*. Harlow: Longman, 1975.

Sutherland, John. "Apple-blossom in June?" *The Literary Detective: 100 Puzzles in Classic Fiction*. Oxford: Oxford

Univ. Press, 2000.　邦訳　川口喬一「六月にリンゴの花？」、『ヒースクリフは殺人犯か？』みすず書房、一九九八。

——. "How Vulgar is Mrs Elton?" *The Literary Detective: 100 Puzzles in Classic Fiction*. Oxford: Oxford Univ. Press, 2000. 邦訳　山口弘恵（訳）「エルトン夫人はどんな俗物？」、『ジェイン・エアは幸せになれるか？』みすず書房、一九九九。

——. "Pug: dog or bitch?" *The Literary Detective: 100 Puzzles in Classic Fiction*. Oxford: Oxford Univ. Press, 2000.　邦訳　山口弘恵（訳）「パグは雌犬？　それとも雄犬？」、『ジェイン・エアは幸せになれるか？』みすず書房、一九九九。

——. "Where Does Sir Thomas's Wealth Come from?" *The Literary Detective: 100 Puzzles in Classic Fiction*. Oxford: Oxford Univ. Press, 2000.　邦訳　川口喬一（訳）「サー・トマスの富はどこから来たのか？」、『ヒースクリフは殺人犯か？』みすず書房、一九九八。

Sutherland, John and Deirdre Le Faye. *So You Think You Know Jane Austen?: A Literary Quizbook*. Oxford: Oxford Univ. Press, 2005.

Tanner, Tonny. *Jane Austen*. London: Macmillan, 1986.

——. "Jane Austen and 'The Quiet Thing' ——A Study of *Mansfield Park*." *Critical Essays on Jane Austen*. Ed. B. C. Southam. London: Routledge & Kegan Paul, 1968.

Teachman, Debra. *Student Companion to Jane Austen*. Westport: Greenwood Press, 2000.

Todd, Janet. *The Cambridge Introduction to Jane Austen*. Cambridge: Cambridge Univ. Press, 2006.

Tomalin, Claire. *Jane Austen*. New York: Vintage Books, 1997.　邦訳　矢倉尚子（訳）『ジェイン・オースティン伝』白

水社、一九九九。

Trilling, Lionel. "*Mansfield Park.*" *The Opposing Self.* New York: Harcourt Brace Jovanovich, 1955.

——. *Sincerity and Authenticity*. Cambridge: Harvard University Press, 1971. 邦訳 野島秀勝（訳）『〈誠実〉と〈ほんもの〉』法政大学出版局、一九八九。

Tuite, Clara. "Decadent Austen Entails: Forster, James, Firbank, and the 'Queer Taste' of *Sanditon*." *Janeites*. Ed. Deidre Lynch. Princeton: Princeton Univ. Press, 2000.

Tyler, Natalie. *The Friendly Jane Austen*. New York: Penguin Books, 1999.

Warner, Sylvia Townsend. *Jane Austen*. London: Longmans, Green, 1951. 邦訳 伊吹知勢（訳）『オースティン』（英文学ハンドブック——作家と作品 No. 12）研究社、一九五六。

Watt, Ian. "Introduction." *Jane Austen: A Collection of Critical Essays*. Englewood Cliffs, N. J.: Prentice–Hall, 1963.

——. "On Sense and Sensibility." *Jane Austen: A Collection of Critical Essays*. Ed. Ian Watt. Eaglewood Cliffs, N.J.: Prentice Hall, 1963.

Wiltshire, John. *Jane Austen: Introductions and Interventions*. New York: Palgrave Macmillan, 2006.

——. "*Mansfield Park*, *Emma*, *Persuasion*." *The Cambridge Companion to Jane Austen*. Ed. Edward Copeland and Juliet McMaster. Cambridge: Cambridge Univ. Press, 1997.

Woolf, Virginia. "Jane Austen." *The Common Reader: First Series*. London: The Hogarth Press, 1962. 邦訳 朱牟田房子（訳）『評論』（ヴァージニア・ウルフ著作集７）みすず書房、一九七六。

——. "Jane Austen at Sixty." *Jane Austen: The Critical Heritage*. Vol. 2. Ed. B. C. Southam. London: Routledge & Kegan Paul, 1995.

Wright, Andrew H. *Jane Austen's Novels: A Study in Structure.* London: Chatto & Windus, 1953.

Ⅱ．日本語文献

1．邦訳

富田　彬（訳）『ノーザンガー寺院』文泉堂出版、一九九六。
中尾真理（訳）『ノーサンガー・アベイ』キネマ旬報社、一九九七。
中野康司（訳）『ノーサンガー・アビー』ちくま文庫、二〇〇九。
工藤政司（訳）『知性と感性』近代文芸社、二〇〇七。
中野康司（訳）『分別と多感』ちくま文庫、二〇〇七。
真野明裕（訳）『いつか晴れた日に――分別と多感』キネマ旬報社、一九九六。
富田　彬（訳）『高慢と偏見』（上・下）岩波文庫、一九九四。
中野康司（訳）『高慢と偏見』（上・下）筑摩文庫、二〇〇三。
中野好夫（訳）『自負と偏見』（上・下）新潮文庫、一九六三。
臼田　昭（訳）『マンスフィールド・パーク』集英社、一九七八。
大島一彦（訳）『マンスフィールド・パーク』中公文庫、二〇〇五。
阿部知二（訳）『エマ』中公文庫、二〇〇六。
工藤政司（訳）『エマ』（上・下）岩波文庫、二〇〇〇。
中野康司（訳）『エマ』（上・下）筑摩文庫、二〇〇五。
ハーディング祥子『エマ』青山出版社、一九九七。

伊吹知勢・近藤いね子（訳）『高慢と偏見・説得』講談社、一九七五。

大島一彦（訳）『説得』中公文庫、二〇〇八。

富田　彬（訳）『説きふせられて』岩波文庫、一九四二。

新井潤美（編訳）『ジェイン・オースティンの手紙』岩波文庫、二〇〇四。

2. 研究書・論文

青木　剛「生活実践としての自立――フェミニズムの底流」、『イギリス近代小説の誕生――十八世紀とジェイン・オースティン』都留信夫（編著）。ミネルヴァ書房、一九九五。

鮎沢乗光「結婚をめぐる風刺――新しいヒロインの誕生」、『イギリス近代小説の誕生――十八世紀とジェイン・オースティン』都留信夫（編著）。ミネルヴァ書房、一九九五。

新井潤美『自負と偏見のイギリス文化――J・オースティンの世界』岩波書店、二〇〇八。

――『不機嫌なメアリー・ポピンズ――イギリス小説と映画から読む「階級」』平凡社、二〇〇五。

海老根宏「オースティンを読むサイード」、『英語青年』二〇〇四年一月号。研究社。

――「カントリー・ハウスと奴隷制――E・サイードのオースティン論をめぐって」、『英国小説研究』第18冊。英潮社、一九九七。

――「*Mansfield Park* の位置」、『英国小説研究』第12冊。篠崎書林、一九七七。

大島一彦「オースティン文学の特色」、『ジェイン・オースティンを学ぶ人のために』内田能嗣・塩谷清人（編）。世界思想社、二〇〇七。

――『ジェイン・オースティン――「世界一平凡な大作家」の肖像』中央公論社、一九九七。

小野寺健『E・M・フォースターの姿勢』みすず書房、二〇〇一。

川口能久『E・M・フォースターの小説』英宝社、一九九三。

川本静子『ジェイン・オースティンと娘たち――イギリス風俗小説論』研究社、一九八四。

小池　滋「何もしないで玉の輿にのった、ファニー・プライス」、『鏡よ、鏡よ』筑摩書房、一九九五。

坂本　武「笑う語り手―― Jane Austen, *Emma* の喜劇的技法」、『英国小説研究』第22冊。英潮社、二〇〇六。

塩谷清人『ジェイン・オースティン入門』北星堂書店、一九九七。

柴田徹士「Jane Austen: "Emma"」、『英國小説研究』第1冊。文進堂、一九五四。

鈴木美津子『ジェイン・オースティンとその時代』成美堂、一九九五。

惣谷美智子『ジェイン・オースティン研究――オースティンと言葉の共謀者達――』旺史社、一九九二。

高橋和久「マンスフィールド・パークとアンティグアのあいだ――オースティンを読むサイードを読むための覚書」、『批評のヴィジョン』富山太佳夫（編）。研究社、二〇〇一。

田中淑子「戦慄を求めて――ゴシック小説の変容」、『イギリス近代小説の誕生――十八世紀とジェイン・オースティン』都留信夫（編著）。ミネルヴァ書房、一九九五。

谷田恵司・向井秀忠・清水明（編著）『ジェイン・オースティンの世界』鷹書房弓プレス、二〇〇三。

千葉　麗「田舎娘のゴシック小説――『ノーサンガー・アベイ』と女流ゴシックの水脈――」、『十八世紀イギリス文学研究――躍動する言語表象――』日本ジョンソン協会（編）。開拓社、二〇〇六。

都留信夫「女性作家とそのヒロインたち―コートシップ・ノヴェルの展開」、『イギリス近代小説の誕生――十八世紀とジェイン・オースティン』都留信夫（編著）。ミネルヴァ書房、一九九五。

富山太佳夫「ケアの散乱――ジェイン・オースティン再考」、『英文学への挑戦』岩波書店、二〇〇八。

直野裕子『ジェイン・オースティンの小説――女主人公をめぐって――』開文社、一九八六。

中尾真理『ジェイン・オースティン――小説家の誕生――』英宝社、二〇〇四。

――『ジェイン・オースティン――象牙の細工――』英宝社、二〇〇七。

新野緑「「笑うヒロイン」――『エマ』における言葉・マナー・認識――」、『英国小説研究』第23冊。英潮社フェニックス、二〇〇八。

樋口欣三『ジェイン・オースティンの文学――喜劇的ヴィジョンの展開――』英宝社、一九九四。

――『十八世紀イギリス小説の視点――幸福・富・家族――』関西大学出版部、二〇〇一。

久守和子『イギリス小説のヒロインたち――〈関係のダイナミックス〉――』ミネルヴァ書房、一九九八。

――「戯画化された感性崇拝」、『イギリス近代小説の誕生』都留信夫（編著）。ミネルヴァ書房、一九九五。

廣野由美子『視線は人を殺すか――小説論11講――』ミネルヴァ書房、二〇〇八。

藤田清次『評伝ジェーン・オースティン』北星堂、一九八一。

松本 啓「ロマンスと現実――『説得』の場合」、『イギリス小説とその周辺――米田一彦教授退官記念』英宝社、一九七七。

――「ロマンスと風刺――『ノーサンガー僧院』の場合――」、『イギリス小説の知的背景』中央大学出版部、二〇〇五。

宮崎孝一『オースティン文学の妙味』鳳書房、一九九九。

向井秀忠「ハイベリーの彼方に世界が見える――帝国の中のジェイン・オースティン」、『未分化の母体――十八世紀英文学論集――』仙葉豊・能口盾彦・干井洋一（共編）。英宝社、二〇〇七。

山根木加名子『現代批評でよむ英国女性小説』鷹書房弓プレス、二〇〇五。

山本明「Jane Austen ブームの背景」、『英語青年』一九九六年八月号。研究社。

山本利治「Ha-ha のはなし――オースティンの世界の背景――」、『英語青年』一九八八年三月号。研究社。

吉田安雄『イギリス小説研究――テキストの注釈と主題の解明』研究社、一九九四。

あとがき

オースティンにかんする文献はおびただしい。新しい研究書を出版することにどのような意義があるのか。屋上屋を架すだけではないか。多くの方がもたれるであろう疑問に答えておきたい。

本書を出版しようとした理由の一つは、作品そのものに重点をおいた、作品全体の意味を明らかにするような研究があってもいいのではないか、と考えたことである。この点については「まえがき」を参照していただきたい。

本書のもとになった論文（第五章は書き下ろし）の初出は、以下の通りである。すべて加筆、修正を加えている。

第一章

『ノーサンガー・アベイ』論——ヒロインの成長とジェイン・オースティンの小説観（1）

『立命館英米文学』第一八号（立命館大学英米文学会、二〇〇九）

『ノーサンガー・アベイ』論——ヒロインの成長とジェイン・オースティンの小説観（2）

『立命館英米文学』第一九号（立命館大学英米文学会、二〇一〇）

第二章

『分別と多感』のプロット

『立命館文学』第五七三号（立命館大学人文学会、二〇〇二）

第三章

『高慢と偏見』論——エリザベスとダーシーの結婚について

『立命館英米文学』第一四号（立命館大学英米文学会、二〇〇五）

『高慢と偏見』における結婚——シャーロットとコリンズの場合

『上山泰教授喜寿記念論文集』（大阪教育図書、二〇〇五）

第四章

『マンスフィールド・パーク』の世界

『藤井治彦先生退官記念論文集』（英宝社、二〇〇〇）

第六章
『説得』におけるジェイン・オースティンの曖昧さ
Osaka Literary Review, No. 35(大阪大学大学院英文学談話会、一九九七)
『説得』作品論――秘められたロマンスの物語
『ジェイン・オースティンを学ぶ人のために』(世界思想社、二〇〇七)

第七章
隠蔽された愛――『マンスフィールド・パーク』の一側面
『立命館文学』第五六八号(立命館大学人文学会、二〇〇一)
ジェイン・オースティンとE・M・フォースター
――『マンスフィールド・パーク』と『ハワーズ・エンド』をめぐって
『英米文学の可能性――玉井暲教授退職記念論文集』(英宝社、二〇一〇)

これら論文には、枚数、注の書き方、表記等々に制約があった。そのため一つの論文を二つに分けたり、かなり短くしなければならなかった。わたしとしては、できるだけ自分の思うような形で一冊の本にまとめておきたかったのである。これが本書を出版しようとしたもう一つの理由である。

作品そのものに重点をおき、作品全体の意味を明らかにするという目論見がどの程度実現できたか、はなはだ不安である。もう少し時間をかければ、もう少しいいものが書けるのではないか、という思いもある。特に早い時期に書いた論文にこの感が強い。また、オースティンには少女期の作品や未完の作品もある。当然これらの作品も研究対象とすべきであろう。しかし、いつまでたっても完璧なものは書けないのであり、一応の区切りをつけることにした。本書で論じていない作品については今後の課題としたい。

本書を出版するにあたっては、多くの方々のお世話になった。逐一名前をあげることは控えさせていただくが、貴重なご意見や励ましをくださった方々に感謝したい。最後になったが、南雲堂の原信雄氏には大変お世話になった。厚くお礼を申し上げる。

二〇一〇年六月

川口能久

149, 181, 183–204

た行
『第一印象』（*First Impressions*）14
多感（sensibility）4, 47–52, 55, 57, 61–3, 68, 70–4, 96, 209, 214–5
『天使も踏むを恐れるところ』（*Where Angels Fear to Tread*）219
奴隷（slave）143, 163, 167, 168

な行
『眺めのいい部屋』（*A Room with a View*）208–9, 219
ナポレオン戦争（the Napoleonic Wars）184
西インド諸島（the West Indies）120, 184
『ノーサンガー・アビー』（*Northanger Abbey*）3, 13–46, 66, 146, 149, 181, 189, 216

は行
バーレスク（burlesque）14–5, 17, 20, 29, 46
『果てしなき旅』（*The Longest Journey*）209
『ハワーズ・エンド』（*Howards End*）5, 209–12, 216, 218
パンフレット（pamphlet）33, 35, 37, 39
フランス革命（the French Revolution）37
ブロンテ，シャーロット（Charlotte, Brontë）1, 103
『文学的自伝』（*Biographia Literaria*）37
分別（sense, prudence）4, 47–52, 55, 57, 60–3, 67–8, 70, 72–4, 96, 133, 186, 198–204, 214–5
『分別と多感』（*Sense and Sensiblity*）4, 14, 47–74, 94, 98, 147, 151, 188, 198, 207, 209, 214
平面的人物（flat character）49, 208
『べリンダ』（*Belinda*）45
偏見（prejudice）96–8, 101, 106–8, 111, 114–5
『ヘンリー八世』（*Henry VIII*）135
暴動（riot）35–7, 39
褒美（reward）70, 72, 138, 214–6

ま行
『マンスフィールド・パーク』（*Mansfield Park*）4–5, 66, 91, 117–143, 145, 149, 174, 178, 181, 185, 189, 191, 198, 208–9, 211–2, 215, 217
『モリス』（*Maurice*）212, 219
『森のロマンス』（*The Romance of the Forest*）21

や行
約束（promise）20, 50, 60, 65–6, 74
『ユードルフォの謎』（*The Mysteries of Udolpho*）15, 21, 26–8, 32, 44–5

ら行
ラドクリフ（Radcliffe, Anne）43, 45
立体的人物（round character）208
ロマン主義（romanticism）186
ロマンス（romance）5, 186–7, 197–200, 202–4, 209

わ行
「わたしの書斎で」（“In My Library”）206

索　引

あ行
アンティグア島（Antigua）120–1, 141, 143
「イギリス国民性覚え書き」（“Notes on the English Character”）207
『イタリア人』（*The Italian*）27
『インドへの道』（*A Passage to India*）219
「美しいカサンドラ」（“The Beautiful Cassandra”）14
ウルフ，ヴァージニア（Woolf, Virginia）1, 197
『エマ』（*Emma*）4, 118, 145–182, 185, 189, 216–7
「エリナーとマリアン」（“Elinor and Marianne”）14, 47–8

か行
階　級（class）3, 96, 98, 103–5, 113–6, 147, 150, 154, 156, 158–61, 165, 169, 173, 175–6, 179, 181, 184–6, 210, 218–9
改良（improvement）123–5
ガヴァネス（governess）3, 76, 147, 153, 163, 165, 168–9
画趣（picturesque）20, 67
『カミラ』（*Camilla*）45
感傷小説（sentimental novel, novel of sentiment）15, 18, 35, 42, 44–6, 55
機械仕掛けの神（deus ex machina）131, 143
『キャサリン』（*Catherine*）14
「キャサリン」（“Catherine”）14
教養（accomplishments）100
クーパー（Cowper, William）123, 152
クラーク，ジェイムズ・スタニア（Clarke, James Stanier）145–6
限嗣相続（entail）76, 82, 85, 100, 104
『恋人たちの誓い』（*Lovers' Vows*）128, 130
高慢（pride）98–9, 100–5, 109, 111–7
『高慢と偏見』（*Pride and Prejudice*）4, 14, 66, 75–116, 91, 117–8, 135, 145, 149, 174, 181, 189, 192, 208–9, 218
コールリッジ（Coleridge, Samuel Taylor）37
ゴシック・ロマンス（Gothic romance）13, 15–6, 18, 20–1, 27–32, 34–5, 37–9, 42–6, 216
古典主義（classicism）186

さ行
「ジェイン・オースティン」（“Jane Austen”）205
ジェントリー（gentry）76, 78, 118, 149, 184–5, 210–1
芝　居（theatricals）120, 126, 128–31, 133–5, 142–3
摂政時代（the Regency）118
シャレード（charade）159
少女期の作品（juvenilia）14
『小説の諸相』（*Aspects of the Novel*）206, 208
書簡体小説（epistolary novel）47
『スーザン』（*Susan*）13
スパイ（spy）37–9
『セシリア』（*Cecilia*）45
『説得』（*Persuasion*）4, 5, 14, 119, 135,

著者について

川口能久（かわぐち・よしひさ）

一九五一年生まれ。大阪大学文学部卒業。

大阪大学大学院文学研究科修士課程修了。

博士（文学・大阪大学）

現在、立命館大学文学部教授。

著書『E・M・フォースターの小説』（英宝社、一九九三）『ジェイン・オースティンを学ぶ人のために』〈共著〉（世界思想社、二〇〇七）

個人と社会の相克
ジェイン・オースティンの小説

二〇一一年二月二十五日　第一刷発行

著　者　川口能久
発行者　南雲一範
装幀者　岡孝治
発行所　株式会社南雲堂
東京都新宿区山吹町三六一　郵便番号一六二-〇八〇一
電話　東京（〇三）三二六八-二三八四
振替口座　〇〇一六〇-〇-四六八六三
ファクシミリ（〇三）三二六〇-五四二五
印刷所　壮光舎印刷株式会社
製本所　長山製本

乱丁・落丁本は、小社通販係宛御送付下さい。

送料小社負担にて御取替いたします。

〈1B-317〉〈検印省略〉


ISBN978-4-523-29317-0 C3098